書迷

陳玉慧
Jade Y. Chen——著

目錄

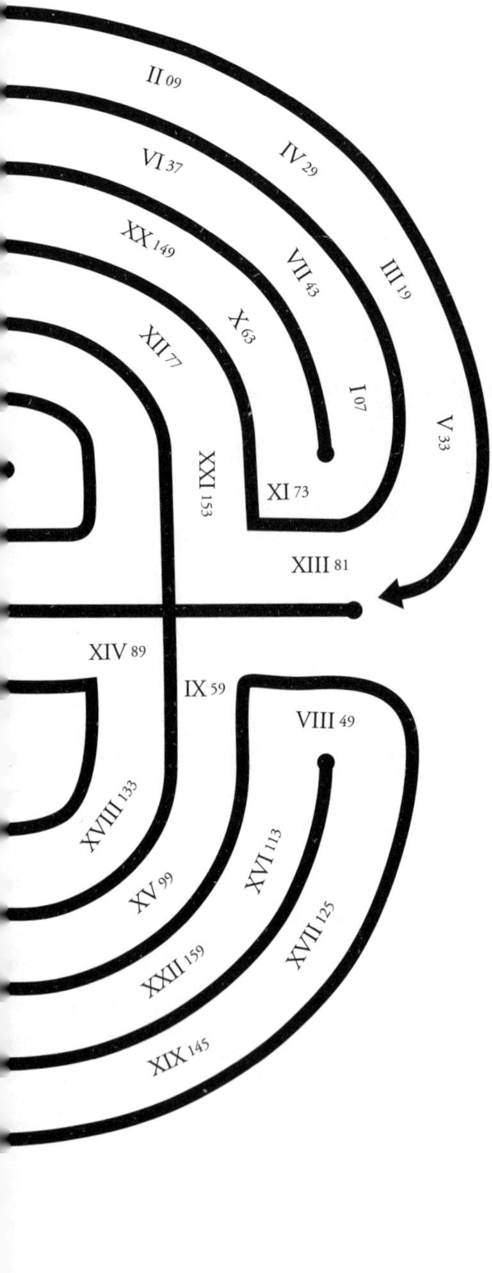
I 07
II 09
III 19
IV 29
V 33
VI 37
VII 43
VIII 49
IX 59
X 63
XI 73
XII 77
XIII 81
XIV 89
XV 99
XVI 113
XVII 125
XVIII 133
XIX 145
XX 149
XXI 153
XXII 159

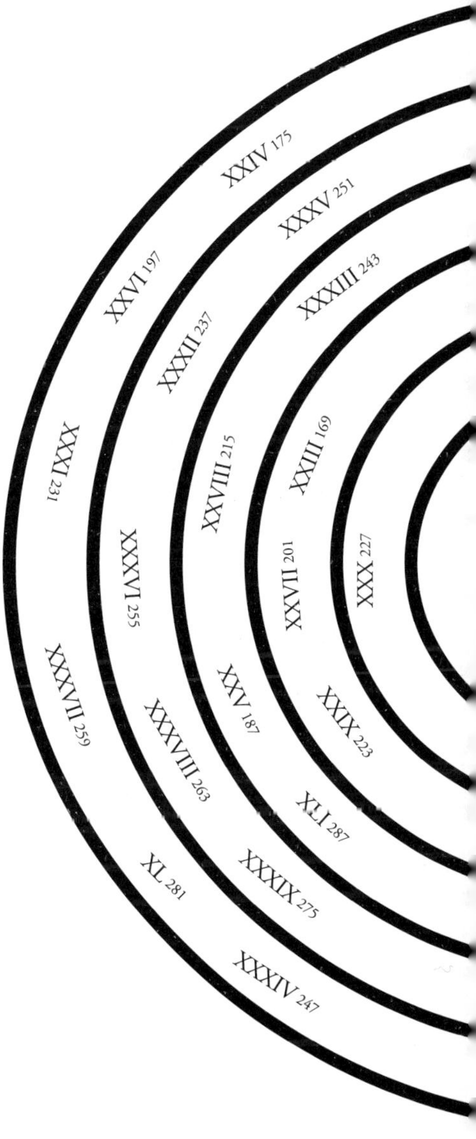
XXIV 175
XXXV 251
XXVI 197
XXXIII 243
XXXII 237
XXXI 231
XXVIII 215
XXIII 169
XXXVI 255
XXVII 201
XXX 227
XXXVII 259
XXV 187
XXXVIII 263
XXIX 223
XLI 287
XL 281
XXXIX 275
XXXIV 247

獻給　我的父親謝慶祺（1930～2010）

我們以為邁向目標，迂迴前行，但不久又回到了原點。這是一條令人困惑的路，它有線索但難以遵循，永遠必須回到最初。——蘇格拉底

I

姓名謝如心，筆名行若水。生於台灣，旅居歐洲，香港某大學的邀訪作家，原本住在該校教師旅館，最近搬到白加士街，在該大中文系一位教授家暫住。

萬萬沒想到，這次旅途會發生如此的事。

為什麼紙條上有戴達羅斯（Daedalus）這幾個字？這是我正在寫的小說主角名字，他是神話人物，克裡特島（Crete）上的建築家，他所留下的迷宮傳說使希臘神話的文本更為豐饒和引人入勝。

過去出版了十八本書，有散和小說，有愛情故事，好多歷史小說，但驚悚小說沒寫過。

來香港多久了?三個月吧。還要停留九個月。誰請我來?大學現代文學系,誰讀我的書?讀者都是什麼樣的人?好問題,但問題不該問我。

為何來香港卻常去台灣?

因為父親患癌無人照顧,姊姊將他從台灣接來。這也是我接受來港邀請的主因,而母親一個人住在台灣宜蘭一家精神療養院,我也必須去看她。

在香港還有親人?有,姊和姊夫也暫時住在香港。姊夫在內地有個工作,目前派駐在此。

你每一天的生活怎麼過的?寫作,每天坐在電腦前五至六個小時,甚至更久,但有時並非寫作,只是上網。你有上網的習慣?嗯,有。你沒有嗎?交友網站?不會,我不會去交友網站。那你上網都做些什麼?做大家都做的,Email、Google、購物……

你如何認識丁明勝?

他說他是我的書迷。

II

也沒想到這次旅途會是一趟死亡之旅。

最近，常有一種家毀人亡的感受，不但父親躺在死亡病房，母親也重病，我和丈夫也愈行愈遠了。不知道到底為什麼？在我寫的故事裡，麥諾斯（Minos）還曾激怒海神波賽東，而我什麼都沒做。我做了什麼？

父親的悲劇與家產有關。他出身中國北方地主家庭，因最得祖父疼愛，在祖父過世前得到口諭分配最多財產，他的兄嫂不服，打算加害他，在祖母的指令下，先躲到台灣。又其實，這段故事是他自己的說法，我母親則說，真正的原因是因為一個女人。總之，他來了台灣，改名換姓，娶妻生子，但生性風流的他，在我兒時不常回家，與母親終生吵鬧分合，後來他索性搬回大陸老家，但悲劇再度重演，他仍然和大陸家人因分財產而鬧得很不愉快，他認為，親妹妹騙去他的積蓄。他因而氣病了。一個人返回台灣，去醫院做檢查，才知是肺癌末期。

他不相信自己得癌，或者，他不想相信，每天照常爬山，而且還找到屬意的情人。今年起，癌細胞已轉移了，他無法自理生活，情人也避不見面，母親也已病了，兩人皆無人照顧，姊姊只好接他到香港住。

這就是我來香港的原因。

有家歸不得。偶而喃喃自語時，這幾個字便從父親口中跑了出來。有家歸不得，那是何感受？而他的家在哪裡？我的家又在哪裡？我總覺得家這個字如此像旅行社的旅遊景點介紹，充滿動人的想像和憧憬，但卻也不能完全當真。

很多人都說，家或成家很重要。但家是什麼？日文的家族「かぞく」，諧音像「枷索箍」，聽起來像家人必須綁在一起？中文呢？曾經有一個人告訴我，家是什麼？家是寶蓋頭，下面養了一隻豬。我當時笑了很久，現在也笑，但仍然不甚了了，寶蓋頭下面養了一隻豬？

最後一次是什麼時候看到父親？說了什麼？是幾天前，但他已無法說話了。之前的

II

最近，我和他還有過短暫對話。

前一陣子你好像出版一本新書？又是什麼書？

又是什麼書？這「又」字聽起來像譴責，我父親也這麼說過。又是什麼書？彷彿我像個變把戲的人，又變了什麼把戲。我那時只回答他：就一本書哇，沒什麼。我不想多作解釋，他從來沒讀過我任何一本書，我猜。我也沒問。我們從來沒聊過天。

唯一的例外是婚後，父親與母親到德國拜訪我，那一次，我破天荒和他朝夕相處十來天，和他說了一些話，因而陷入情緒低潮，有一天竟責問起他，童年為何處罰我？他完全不記得了。在我的丈夫Q面前，他向我解釋，但我又不想聽。他難為情地走開，後來在我們家附近的森林走失了。

那時，我便對Q說過，我的父親不是父親，他不知道怎麼做一個父親。

但我也不知道怎麼做一個女兒。我多麼希望能和他談心，多麼希望，希望已不足形容，應該說，多麼渴望，他能拍拍我的肩安慰我，或在人生道路的轉折處上鼓勵我。

我渴望這些，真的渴望。

其實父親不知道，我常常書寫我和他之間的關係。也曾像卡夫卡一樣有過質疑：還要再一次書寫父親？多少次了？父親大人，我在回憶裡寫他，我在夢中遇見他。我終生不是在追尋一位像父親一樣的男人？像父親那樣愛我或不愛我的男人？

十天前，我坐在他身邊的小躺椅，父親突然以悲傷的眼神看著我，我因從來沒看過這神情，而震驚不已。他是知道了自己的生命走到盡頭嗎？

父親那時認真地表示，自己的後事想以風葬，就把他的骨灰撒在台灣海峽上吧。不但別人，他也覺得，自己什麼都不是，既不屬於這邊，也不屬於那邊。

還有，他說，希望骨灰不要置入骨灰罈內，他不喜歡罈甕。那木盒可以嗎？那時我突然無厘頭地問起，還有，譬如椰子殼呢？可以，他點點頭，但立刻阻止我再說下去。他不喜歡這些奇怪的細節？

他似乎也不習慣談自己的後事。

你就常來看他吧，這次是真的沒多久可活了，姊姊說。

那麼多年以來，我一向在心理分析醫師那裡抱怨，兒時父母如何沒愛過我，他們忙著生計和外遇，從來沒有時間照顧孩子，轉眼之間，已到了我必須照顧他們的時刻？

三年前吧，姊姊第一次打電話來，那一天，我剛好在湖邊慢跑。她說，爸不行了，癌症末期，只有三個月可活。我晴天霹靂呆站在湖邊的小徑上，望向火紅的夕陽，湖邊的群鴨撲撲地飛去，我一邊跑，一邊哭了出來。

那時心想，從小沒有家，現在連父親也沒有了。

在湖邊哭完後，我便沒什麼感覺，彷彿變成一個沒心肝的人了。

兩年前，有一天去做超音波檢查時，權威名醫也斷定我得了癌症末期，立刻當場連繫醫院準備開刀，我打電話給Q，他沒接電話，我寫了短訊給他，一個字：壞。我回家等待入院，那幾天，我以為自己行將就木，寫下遺書，內容很簡單，把身外之物全留給父母。但入院後，醫生卻說，不必開刀，不是癌症。一點都不是。

曾經死過十天。又活了過來。那些天，我都在讀佛經。我猜很多被宣布得癌症的人都會讀佛經或聖經。我猜，死訊極難接受，但有一天還是得接受。我想像父親如何接受自己的死訊。

即將失去父親的我，想起那年的Q，他的驚慌失措，那一整年吧，他父親還未死，他已經如喪考妣，常常發呆、嘆氣。他父親死時，他一個人坐在教堂哭了好久，我在他身邊卻未安慰他。現在才能體會一點點他那時的心境。

剛來港去探視父親時，他才做完十二次的化療，戴頂帽子，看起來仍然像一個英俊的蒙古戰士，他有張男性倔強的臉，那張臉害死了多少女人？我母親，以及無數的外遇，他一生只對女人感興趣，各種女人，奇怪的、矮小的、精悍的，環肥燕瘦，無一不可，而母親是那個受苦的人，她一輩子受這種苦，但她仍舊不死心，她永遠不死心。

我曾經坐計程車回家時，在近家的十字路口，看到他正盯著一個過路的女人看，口水幾乎涎了下來。

那時，他成天追求，像個瘋子，對我全心全意，死心塌地……，你們都不知道，我根本不要跟他在一起，後來被他強暴，才嫁給他。

母親喜歡說這些，像念咒語似的……

我有時聽多了，便會喝斥她。有一次，她被我嚇一大跳，像從夢中驚醒。你，你，你是不肖的，你不孝順極了，你從小就是要我離婚。我為什麼要離婚？

我又墜入這些家門不幸，多少次，多少次了，我還要繼續嗎？我和姊姊去醫院接父親回家，我坐在候診室的椅子上讀八卦雜誌，心裡有許多追憶和念頭。姊姊和姊夫要去廣州參加公司的應酬，他們準備出發，姊問我：「我們待會走，明天晚上才會回來，你可以留下來照顧他嗎？」她丟下一把鑰匙。

明天我要上課，對不起，我不行，我真的不行。

姊姊帶著責備的眼光，再加上原本的疲憊和著急，使她看起來似乎特別焦躁，那時我們站在廣華醫院的走廊上，我第一次感受到姊姊的恨意，我們從小便有不同的想法，她對我一直還算友善，只是最近開始不同意我的創作。她曾說，你不覺得你老在書寫自己的家人，這對我們公平嗎？我們為什麼要成為你書中的人物？

她的指責當然使我啞口無言。但我筆下的人物根本已不是她了，她在我的書中即非姊姊，名字亦有別。難道，她認為那個不是她的人是她嗎？我多麼想告訴她，如果書寫家人對她不公平？家人或家也是作者生活的一部分，如果刻意不書寫，對書寫者難道不是懲罰？而就算果真書寫，又何嘗只是愉快？

何況，書中的真真假假，早已難以辨識，文學本來便建構在真實與虛擬之中，為什麼小說在英文裡叫fiction呢？我真想和姊姊說說這些，但怎麼可能？

我和她無語站在陰暗的走廊，等著電梯。我望著醫院裡走動的人，誰是病人？誰不是？怎麼每一個人看起來都像有病呢？包括我自己，人們輕聲談話，好似不想讓病情擴散……，照顧父親？我會嗎？我會照顧任何人嗎？

回到姊姊住的駿發大樓，我答應留下來暫時看管父親。

坐在姊姊家客廳的沙發上，只是那樣坐著。父親已經睡著了，而我睡不著。我一直在想父親的交代，台灣海峽？將骨灰撒在台灣海峽之上，多浪漫的念頭啊，多像父親，他是一個徹徹底底無藥可救的浪漫主義者！

但骨灰如何撒在海峽之上？除非租一艘船，我想起來了，張愛玲也是要人這麼做。

但，就算我成全他的心願，租一艘船，將骨灰撒在海峽之上，將來，我如何祭拜他？

我慢慢又以為，或許骨灰還是不要撒在台灣海峽上比較好。

stalker 書迷

丁明勝筆記之一

職業：吟遊詩人、牧師、德魯伊、戰士、武僧、聖武士、遊俠、盜賊、術士、法師。

種族：矮人、精靈、地侏、半精靈、半獸人、半身人。

神祇：蘭恩、孔有、迷熾、無畏、如真、邪惡之神。

風系生物：飲息者、水晶龍、翡翠龍、風冰精、風妖精。

水生生物：短尾龍、水怪、傳奇鯊、海魔鯨、八手魚、靖海行者、海妖女。

土系生物：沙丘海潛伏怪、哥砣石人、迷心邪妖、墓穴幽蟲、山岳巨人、石棘體。

魔法獸群：灰燼鼠、血猿、雲魟、霜蜥蜴、掘屍獸、月獸、月光鼠、沼澤噬鱷、冥視獒犬、夢魘獸、幽影蛛。

人形怪物：蜂人、妙手猴怪、食人妖、四手蝓、蠍身人、螳螂人。

異界生物：刀布林、武勇光暈、亞厲獅、骸骨泥形怪、靈界甲蟲、深淵毀魔、怨縛鬼、蒼狼天、怒風、九祀行體。

III

第一次看到丁明勝是在一場國際作家朗誦會。

學校請了十位世界各地來的作家，在一家洲際大飯店的貴賓室，現場來了一些記者，但有更多的藝文記者去跑諾貝爾文學獎得主來港的新聞。

氣氛還算融洽，只是記者真的不多，來的人應該是真的喜歡你們這些作家的作品了，能有這樣的場面真的不錯了。接待我們的女孩以廣東腔的普通話重複地對我說這些話，然後又以英語向外國作家抱歉地解釋起來。

一位優雅老派的捷克女作家，看起來便像當年陪伴過哈維爾總統參加過七七憲章地下抗議活動的那種人，她不在乎也不了解接待人的解釋，一心陪伴在捷克駐港大使的身邊，人雖已有老態，但此刻卻像個小女孩那麼雀躍。另一位年紀較輕的羅馬尼亞詩人則拿出一副豬面具，他戴上面具要人在現場為他拍攝一張照片，那是他的藝術作品，從幾年前開始，他不管去哪裡都會戴上這副面具照一張相。

突然覺得，我臉上似乎也戴著一張面具，只是別人看不出來。而我自己也忘了，那張面具逐漸成為我。

十位作家必須輪流上台朗讀自己的短篇小說作品，我是最後一個。我坐在那裡聽取外國作家的朗讀，可能是氣氛所致，因為我並未認真聆聽，只覺得自己是一個薄弱的人，別人都經歷過共產主義、生老死別，有的還被國家背叛，得過精神病。而我一直事不關己，麻木不仁。我如何寫作？我是什麼樣的作家？

我一向帶著嚴苛的眼光看著世界，望向別人，現在也必須嚴肅地看待自己？但我有必要坐在一群國際作家之間，反省自己的寫作嗎？

我很少寫短篇，伊拉克戰爭時，我剛好去敘利亞採訪，有一天在旅館房間，突然寫了一篇。那些年，我飽受怪病折磨，曾經一度痛不欲生，竟然也有過從住處高樓一躍而下或許會好些的念頭？但所幸只是一念之間，我沒跳下。病好起來後，便忘了那時的苦痛，我真是一點也不想記得。但我留下這一篇有關病與命的故事，題目叫〈大馬士革來的女子〉。

上台朗讀時，才一開口，便對自己發出的聲音有點訝異，我的聲音一向清楚但略微低沉，此時卻沾染某種油氣，故事因此顯得有點油膩，我為我的聲音感到為難，抬頭看了周遭一眼。這時望到一名男子一直對我微笑，當我眼睛掃到他身上時，他突然對我眨了一下眼睛。我沒再注意他，繼續我的朗讀。

東方女孩抱著那支筆筒，人很安靜，她現在不會邊走邊抽菸了，這很好，這裡的女孩不抽菸，更不會邊走邊抽。她抽菸使他感到難為情。女人天生體質比男人弱，她們真的不該抽菸。他開始注意起她的表情。她不快樂，他看得出來，因為他自己也曾如此不快樂，後來他好了，他服膺真主的教條：勿嫉妒。他接受一切現狀，所有加諸於他和未加諸於他的，都不計較了，想到那個未結成婚的大學女同學，他也不會那麼難過。要跟他結婚的女孩最後聽從父老的意見，未嫁給他。她是對的，他這麼窮，嫁給他一定吃苦。他沒有背景，沒有出路，也沒有未來。

那些年他先是狂熱的，敵人從來比他壯大得多，他毫無所有，有的便是他的信念。但他失去戰場，他宣告撤退但仍不甘心，棄械而降後，他變成一處廢墟，他真希望把全部的狂熱都塞進一個女人的身體。他有時仍希望自己手上握著的是一把手槍。他逐漸變成他哥哥的影子。而他愛的女孩是他全部的政治。

他想到這些。如果女孩現在問他的話，他會告訴她。但她什麼都沒問。

……

正在高聲朗讀，一眼看到接待小姐指著自己手上的錶頻頻向我示意就此結束。儘管我愈讀愈愉快，也只好就此打住，戛然而止。然後是提問時間，幾個問題後，宣告結束。大家便轉往席旁的餐點，我拿了一杯白酒，正要往一旁走去時，那名男子走向我。他個子不高，嘴唇很寬闊，他在笑，他拿著現場發送的小冊子，繼續對著我朗讀我剛才沒朗讀完的短篇小說。

我幾度打斷他，但他都不為所動，我只好尷尬地等他朗誦結束，想走也走不了。

「原來，美人才會到天堂？」他終於放下冊子，停下來問我，「你也喜歡白酒？」

「嗯，不……」我有點尷尬，最近只要談起酒，自我感覺便不佳。這幾年來，經習於喝酒，從與朋友、丈夫對飲，逐漸變成在書桌前獨飲，愈喝愈多。我是難為情的，酒可以上網訂，整箱送來，但每週必須將大批空酒瓶帶到回收筒前扔擲時，總希望無人撞見。

偶爾想到莒哈絲。她老年酒精中毒，被送進醫院戒酒，出院後接受訪問。那一年，我在巴黎的公寓裡看電視節目《Apostrophes》，主持人畢活（Bernard Pivot）問她：酒呢？現在還喝嗎？她說，我但願能喝，但我已死了，我不能喝。莒哈絲是說她酒精中毒差一點死了。我卻繼續喝，我喝酒時常想起這件事。

我清清楚楚記得當時她說話的表情，我但願能喝，只是我已經死了。

一切都太遲了，我十六歲那年，便太遲了……

因為酒精想起了莒哈絲，我因而在心裡念起莒哈絲在《情人》那書裡的句子，並看著他，這名出現在我面前的年輕男子，他偏著頭看著我，似乎在問，我剛才在說什麼？他的眼睛清澈，瞳目非常白，幾乎沒有任何血絲，不像我的眼睛經常充血，他看起來是個健康之人。「你好！」我掩飾自己的尷尬，咕嚕一句。

「我好！」他這麼回答。接著便開始朗讀。

「我怎麼會知道呢？您忘了嗎？您曾經寫過一篇部落格文章，寫在義大利托斯坎尼山區古城喝酒的故事？他笑著說。

我想起來了。我曾寫過一篇叫〈慢城〉（Cittaslow）的文章，確實有提到這些事，但他為何知道我經常喝？

因為現在才下午四點，您便開始喝酒，且酒杯的酒已所剩不多，我因此推測你有喝酒的習慣。我搖搖頭，不置可否。他沒再說話，我們就那樣站著，他環顧了四周，我也是，過了好一會，我問，「台灣人？」

「嗯，台灣人。」

他並不像台灣人，但口音騙不了人。

「你是媒體記者嗎？」

「不算是吧！」他遞了一張名片。

亞克米桌上遊戲世界—設計師

「桌上遊戲世界？」我看著他，「這是什麼世界？」

你知道圖板遊戲嗎？不知道。卡片頌？卡坦拓荒？西部無間？我都不知。魔法風雲會呢？也不知。這些都是卡片遊戲，你知道角色扮演遊戲嗎？像黑暗世界？你聽過微模遊戲？

「你都在說些什麼啊？你是活在什麼世界啊？」

他無言地看著我，然後笑了。

「如果你有空，我可以一一仔細地告訴你怎麼玩。」

「有那麼好玩嗎？」

「還好，還算好玩。」

「比真實世界好玩？」

「嗯，是還好，真實世界應該更好玩，只是我還不清楚真實世界的遊戲規則，而桌上遊戲世界的規則我很懂，我甚至可以自訂。」

說到這裡，我們倆同時笑了起來。

「你怎麼會注意我的文章？我注意所有你寫的文章。」

「是嗎，為什麼？」

我要告訴你，我喜歡的是你的散文而不是你的小說。雖然別人都認為你是小說家，你的小說被置於文學殿堂之上，但我只讀你的散文，我把你的散文放在德國哲學家海德格之旁，我生病時，只允許你們兩位跟我到醫院。我非常非常喜歡你的散文，我剛才好盼望你能朗誦你的散文，很可惜你只朗讀小說。

海德格至少比沙特好多了，可以，你可以把我放在海德格之旁，謝謝你，但我比較喜歡班雅明。我知道，我知道你喜歡班雅明。你怎麼知道？你也在部落格裡寫過他呀！

行若水，嗯，我可以這樣叫你嗎？他以黑白分明的眼眸注視著我，那是一雙奇特的瞳孔，無辜中略帶有某種無情。與世無爭，但或許也很偏執？

你可以叫我謝如心，也可以稱呼我行若水。

是的，我願意，一百分之一百，稱呼你行若水，我喜歡這個名字，像耶穌，或觀音，祂們都行於水上。你知道嗎？每當我發病時，必須朗讀你的散文，只有如此，才能讓我平靜，那像服藥一樣，我覺得你像一個走過黑暗的憂鬱女王⋯⋯

他語無倫次起來，但這些恭維使我感到愉快。一位駐港記者已朝著我們走過來，她在朗讀會前便和我約好要錄一小段訪問。

是我最愛的中文作家。他向那位女記者這麼說，然後又舉杯敬我一次。可能略微激動，我看見他的手指在顫抖，我原本不是最冷靜的人，但短暫和他相處，只讓我發現自己的冷漠，我不再是一個容易感動的人，早已不再是熱情的人。我冷靜地看著他，就像冷靜看著自己小說裡的人物。

我和記者到無人的角落，開始錄影。從這位記者的問題，我立刻知道，她從來沒讀過我任何一本書，但是我們愉快地合作無間地把錄影錄完。

然後是下一個約會，只是拍個照，我僵硬地笑著，老是那千篇一律的一號表情，無法放鬆，我總是緊閉雙唇，彷彿七歲那年。

七歲那年，我從外婆家回到台北近郊的幼稚園，我不敢去上幼稚園，我怕母親將我丟在那裡。是什麼樣的母親？先將我置放在外婆家，兩年不聞不問，然後又帶我到一所離家很遠的幼稚園。

母親穿著白洋裝、白色高跟鞋，或者紅色高跟鞋？

我站在幼稚園門口一直流淚，緊緊拉著母親的裙角。

好不容易攝影結束，行若水，您還要再喝一杯嗎？他又從人群中竄出來遞給我一杯聖艾米昂紅酒，他現在既不稱呼我謝姊，也不叫我本名。

你貴姓？我姓丁。甲乙丙丁的丁。

有人又拉走我了，這一次後，我再也沒再看到這位丁先生。我開始為許多人簽名，開始與許多人合照。

也許不知何時他已悄悄先告退了

IV

去年年初，我的人生思路開始分歧。

有一天，我臨時訂了機票，一個人飛到保加利亞，沒有目的，有的話，只因認識一個人住在那裡。我在蘇菲亞沒做什麼，甚至只活在自己的時間裡，根本忘了時差。認識的那個人剛好去了黑海度假。我去書店買黑海的旅遊書，剛好翻到一本有關迷宮的圖文集，那本書使我愛不釋手，我買了書回到旅館，仔細地閱讀起來，讀完那本書，我沒去黑海，便回家了。

我開始對迷宮（Labyrinth）感興趣。或許潛意識裡認為自己也在迷宮裡？想透過對迷宮或迷宮神話和種種典故的理解和整理，走出一條路？找到人生答案？我研究起各大著名迷宮：克里特、埃及、利姆諾斯和義大利的迷宮。也去了那著名的法國夏特大教堂（Chartre）。

那是春天，夏特小鎮一直在滴雨，又冷又濕，才抵達旅館，就發現我訂錯了日期，而那天客滿，沒有多餘的房間。我真想和人好好吵一架，但這裡是聖地，旅客也都像安靜的退休公務員。

我在鎮上找旅館，步履蹣跚，教堂建築一高一低，看起來似乎有點不協調。迷宮圖就鑲在教堂大廳的地板上，而那天遊客又多，教堂的椅子全散置在迷宮圖上，沒有任何遊客對迷宮圖有興趣，只有我，我一直坐在教堂內，等到彌撒結束，遊客散去，才把木椅一張一張地搬走。

然後，我跪在迷宮圖上，我遠離了家，遠離了Q，遠離了自己，我要寫作，又寫不出來，我往前走，但總是碰壁，我以為我已經到達我要去的地方，又發現自己總是在走回頭路。

我跪在那裡，流了淚。我不知道為什麼？為什麼我一個人跑那麼遠來這裡祈禱，我要祈求什麼？沒有人生題目，也沒有寫作題目。在那一剎那，我覺得自己似乎就像一個中世紀的巴黎妓女或小偷，因不可能到耶路撒冷去朝聖，只好跪在這裡。因他們深信，只要步過迷宮一圈，罪愆便會洗淨聖潔。

我喜歡夏特迷宮，因為它象徵著我簡單而複雜的內在，以十二個圓環引領到玫瑰花飾的中心，這是唯一只有道路而沒有暗藏角落或空端的迷宮。

我那樣走了一圈，不知道罪是否已洗清了，在從夏特回家的路上，我決定要寫一個迷宮的故事。

我的故事是從一個謎題開始的：

我是戴達羅斯（Daedalus），國王的建築師，來自克里特，流亡西西里。

我曾愛上克里特皇后帕西菲（Pasiphaë），但那是久遠的事了。

逃脫克里特後，我獨自在西西里島上生活，此地熱愛建築的國王每天都會來找我，我們談論建築和藝術。失子的苦痛逐漸克服，雖仍思念帕西菲，但我畢竟只是凡人，且年紀愈來愈長，已無夢想。每天早上，我在城裡散步、冥思和收集靈感，有一天我發現，島上到處都吊掛懸賞的木刻，克里特王麥諾斯（Minos）跨海懸賞重金，只要任何人可以破解一個謎案，誰便可以領賞。

麥諾斯的謎題是：如何能不鑽洞而將線穿過一個螺旋貝殼？

V

下午四點，我已經喝醉，打算先回旅館睡覺，但手機響了。

是父親。他咒罵那位杭州來的女看護，只因為她告訴他，伯伯，癌症末期是好不了了，您就別那麼累吧。只是這句話，這是實話，她只是好心，要父親多休息，並無惡意，但父親動怒，天大的玩笑，你是看護，卻說病人的病好不了，要你來做什麼？這是天大的玩笑！他振振有詞，並且聲稱不可能與她同處一室，我們必須立即請她走，否則他真的會死——氣死。

我離開記者會現場前往姊姊家，天空突然下起傾盆大雨，坐在計程車裡，打電話聯絡看護工中心。電話一直有插撥，但我不予理會，那插撥電話一打再打，我終於接了。

「行若水，我知道你喜歡喝台灣的凍頂烏龍茶，我有一些茗茶想送你……」是那位丁先生，但他怎麼會有我的手機號碼？

你怎麼會有我的手機號碼？

我怎麼會有你的手機號碼？

他重複我的問話做回答？

沉默。

你怎麼知道我喜歡喝茶？而且是凍頂烏龍？我最近並不喝……。我突然意識到我差點又要告訴他自己的事。

我既納悶也有點生氣……。你……我正要說話時，他打斷了我。

你自己在記者會上說了啊。

是嗎？我快速地回想，似乎有點可能。我沒再答腔。

這茶葉是一九七九年鹿谷鄉的凍頂烏龍茶，那時有一位愛茶的老闆將之存留，茶很有滋味，有幽蘭花香……

這不正是我曾經喝過，且還發表過品茗感想的茶嗎？太奇怪了，他怎麼會這麼清楚。他怎麼會這麼一清二楚？

我可以現在送去給你嗎？

不行，我被驚嚇，不行，我現在要去機場了。

你要離開香港了？

不是，……是。心急之下，我突然編了一個謊言。但我不能再扯下去，為什麼他知道這麼多我的事？為什麼我這麼輕易又讓他知道我的事？我必須掛斷電話！

V

VI

陪了父親一個下午。數十年來，我們未曾如此親近。我和他一直距離那麼遠，他不像別人的父親，他從來不抱自己的孩子，最多，只有在生病感冒的時候，他靠近我量體溫。如此而已，從小我必須生病才能靠近他。

我們因病而靠近，現在是他病了，但那不是感冒，是不治之症，他自己其實都知道了，他強忍住恐懼和悲傷。他不想知道。

我第一次必須餵父親進食以及為他更衣，我手忙腳亂，不想但又不得不看到他的性器官，這也是我生平第一次看見，既不雄偉又已萎縮了，這隻器官！多少女人上他的當！難道這便是我不幸童年的罪魁禍首？我在幫他換紙尿褲時，心裡不是沒有疑問。衣服不乾淨，父親的皮膚已經很薄、很乾，也開始變黑了。現在的他簡直就是一身黑紙皮包著骨頭。難怪，他曾問過我，為什麼他的身體怎麼擦都擦不乾淨？

幫他穿好衣服，蓋上棉被，我坐了下來，聞到一股氣味，突然很想吐。我一直沒注意到這股氣味，現在才注意到了，我強忍住。這氣味這麼強烈，使我不得不離開房間，我幾乎像逃跑般逃到客廳。

我現在知道了，這是死亡的氣味。

我清清楚楚記得兒時，父親在半夜推醒母親，在我身邊和母親做愛，他們那時不知道我一直是醒著。我是個敏感的小孩。

我雖然天真的以為什麼怪事正在發生，可不敢發出聲音，也不敢亂動，就那麼靜靜地屏息等待他們完事。

後來，我長大了，偶然半夜還會聽到母親房間裡又傳出一樣的聲響。再後來，不但母親得了憂鬱症，父親再也不回家了。一次他離家久遠後回來，我很高興去房間探看，但他不在，我在衣櫃上看到一本他剛帶回來的色情雜誌，我好像突然不認識他了。他像一個會讀色情雜誌的陌生男人。

我回到房間，父親要我將他扶起來。過去幾個月，他從不能行走，到不能站立，到現在坐不起來，這些事實一再地打擊他，但他仍然不相信自己不能行走。他說，扶我起來，我想出去走走。他又來了。

我說，爸，你已經不能走了，你連坐都坐不住。

他說，不，不，我還能走，扶我起來。

我扶他。事實上，我用雙手推他，且還必須在後面頂著，才能讓他坐住。他說，扶我起來，我要走走。我說，爸，你不要這麼頑固，你已經不能走了，我現在只要把手放下，你就倒下來了。

父親低著頭，我不知道他的表情，我站在他後頭，看不到。

不，不，我能走，你不要那麼頑固，你這個女兒，就是太頑固了……

我沒說話，只注意到自己的肩膀因為用力而拱著，我真想放開雙手，讓父親倒下來。

但如果他就真的永遠倒下來呢？他已經倒下來了，只是他不肯相信。

我們那樣僵持了一會，他最後放棄，他說，好了，算了，我不想走了。

我慢慢地扶著他躺下，他斜躺著身子，像隻病重的小動物，已經沒肉沒血，只剩下骨頭，他的身體已經益發漆黑了。他以石灰色的眼珠看著我。或者看著病魔和死神？

我坐在他床前，又再度聞到屍味，那是屍味嗎？我覺得噁心極了。但癌症已經擊潰他的信心，他如果不欺騙自己，極可能再也活不下去了，而我連一個謊言都不肯施捨？

從小，聽過多少他的謊言？我曾經那麼崇拜仰慕他，後來連他是我父親都不敢承認。國中教官指著報刊上一個名字，以嘲虐的語氣問我：這是你父親？

新婚那天，我的父親和Q把酒言歡。兩人不能溝通，姊姊想為父親做英語翻譯，父親不肯，他說他的英語好得很，ABCD完全沒問題，然後，他向Q敬高粱酒，自己先喝完一整杯，以手勢也要Q全喝下去，Q這麼做後，他呵呵大笑，只說very good very good，然後，拍拍Q，又拍拍自己，I am chinese。

那便是全部的英語，因為堅持不要任何人翻譯，至今他仍未與Q談過話。他但願自己能說英語，那是他深刻的願望。我不能拆穿。

父親一生說過太多謊了。或者，我也是？我也活在自己的謊言裡，自己還不知道？譬如，我其實也沒有寫作才華，只是我不知道？而到現在為止，還沒有人拆穿？別人不知道？或不想拆穿？

我離開了房間，放下他一個人。我先去了樓下的電影中心，打算看一場電影，但做不了選擇，便在柯士甸道上無助地走動，去超市看皮帶，又到電器行買電池。茫茫然地打發時間。最後我走進一家賣內衣的店裡，買下兩套中國式的絲質睡衣褲，決定自己應該好好活著，睡眠的時間如果占人生三分之一的時光，那麼首先要買舒適的睡衣穿。

一直閒蕩到八點過後才回到旅館。才一踏進前門，還未接近旅館的玻璃大門，我便看到一名男子站在玻璃門往外看著我。我好生奇怪，走了進去才知道是丁明勝。

你怎麼……你怎麼會找到這裡？

你自己說過住這裡。

我對你說過？

你對那位訪問你的女記者說過。

我真的說過？喔，是嗎？對不起，記憶力真的不行了，那你來找我有什麼事？沒事，只是想跟你打招呼。

打聲招呼？

我的語氣有絲不確定，我不確定自己究竟該對他用什麼語氣。我的情緒慢慢緩和下來了。既然如此，那麼我們去外頭聊！你吃過飯了嗎？沒有，我還沒。那我們去吃晚飯。

麥諾斯統治克里特，他的妻子帕西菲是絕世美女，據說他們深深相愛，容或我已迷

失?因為我愛上的人正是帕西菲皇后。

有一天,一隻公牛由愛琴海游來,所有的人都被那牛俊美的外表吸引,帕西菲也不例外。

我萬萬想像不到的是,帕西菲走向公牛多羅,雙方陷入戀情。

VII

我們走到淺會大學山上的學生餐廳外面，四面通風的中庭擺了很多鋁製桌椅，我們坐在那裡吃三寶飯。因室外風大，我遂要求他快點用餐，我說如果他快點用餐，我會請他到旅館附近喝咖啡，他非常高興地接受我的條件，吃得又快又乾淨。

那家也賣韓風烤肉的咖啡館裡只有我們兩人。

我問他家裡還有什麼人？他說他父親在他很小的時候就過世了，只有一個外祖母，前幾年也去世了，他小時候被送去華興孤兒院，一直讀到華興中學，然後就考上政戰大學。政戰大學畢業後，他換了幾個工作，但是對文學、電影的喜愛，一直都沒有變。

他也說，從高中起便開始讀我的書，是我的書安慰了他枯槁的心，每每在夜深人靜，內心最為恐懼、無助時，只有我的書會讓他心情平靜一些……。他說了很久，因不敢看著我，好像在喃喃自語似的。

我，怎麼說呢？因為這一席話突然覺得自己很幸運，這世界上竟然還有這樣的讀者，這麼真誠、純潔……，而這全因文字的呼喚？我的文字果真有這麼大的魅力和魔幻？是嗎？有可能嗎？

你記不記得在書中寫過這樣的句子？他取出一本折損嚴重的小筆記本。

「人和人之間的關係就像星球一樣，各自以自己的規律轉著。」

嗯，這是我的句子？我回憶，這個句子有點像，現在讀起來卻覺得很膚淺，他說他高中時記得很牢，且把它寫在筆記本上。他把它當成座右銘？

他絮絮叨叨地說，高中的初戀情人是他的國文老師，但國文老師已經結婚了，她家人曾經來找他，希望他能放老師一馬。

你們是戀人？

沒有，不是，我只是喜歡老師，覺得老師被丈夫欺侮，想揍她先生。

後來發生了什麼事？

我真的揍了她丈夫。

然後呢？

老師便換學校了，再也沒來上課，而我也被送到少年感化院。

少年感化院？

對！少年感化院，我去那兒待了三個月，那個地方可說是少年犯罪養成所，你本來是白紙一張，進去以後，你就被染得像黑墨，以後不犯罪都不行。

啊？所以你就變成不良少年？

我本來便是不良少年吧。

他垂下眼瞼，看起來很無辜。他隻身來香港，到底要做什麼？

從來沒來過香港，想看一看，也想知道你在這個城市怎麼生活？

你是為我來的？不會吧？

他沒回答。

不會吧，你不會為了我來香港吧？你怎麼知道我在香港呢？那天你不是剛好遇見我嗎？我發出一些提問，但他不為所動，都沒回話。

就算你是為了我來香港，我每天都很忙，可能也沒有時間和你見面，你知道吧。

我知道，我不是為你來香港，我是為我自己來的。他向我保證，臉好像立刻漲紅了。

那你明天做什麼？

我要到迪士尼樂園。

你不是開玩笑？

記不記得你寫過，從前當你還是一個孩子的時候，你不知道自己是個孩子，但是他們逼迫你當個大人，現在你是大人了，你才知道自己從來沒當過孩子。

這也是我寫過的嗎？我的句子好像不是如此？但，聽起來挺憂傷啊，我墜入沉思，望著餐廳裡的水族箱，魚只有兩條，似乎也都對自己的世界感到乏力？

所以你現在要去迪士尼樂園當個孩子，重溫舊夢？

他沉默無語看著自己的手心。

我站起來，要去付費，夠了，我和他也談得夠多了吧。

再會了，保重。

我們站在餐廳門口，我望著他，他望著我，他的眼神有一絲不確定，甚至，我覺得那眼神有絲哀怨。祝你在迪士尼樂園玩得愉快。我頭也不回地走了。再也不想管那似乎要向我祈求什麼的眼神。整個晚上的時光都被他占走了。

我回到旅館房間，坐在桌前，瞪著窗前的九龍夜景，我知道，他在那夜景中的一角走動，可能帶著他心裡的哀愁。

或者，那哀愁也屬於我？他只是一只鏡子，投射出來的是我自己的心情？

這個人令人討厭。

丁明勝筆記之二

石像鬼　懼噬體　紫蟲　凶暴鯊　抹香鯨　梭螺魚人　水生精靈
獅魚　蜥青銅龍　巨鱷　薄板龍　狒狒　蚊蝠　掘地蟲　甲伏怪
移位獸　人馬　蔓生怪　羽蛇　樹精　羊首翔獅　三臂巨怪　鷲
馬　灰袋獸　擬身怪　翼龍　眼魔　觸手魔膝　凶暴鼬　三觭龍
石化蜥蜴　青足蛇　狗頭人　飛頭蠻　鯊蜥獸　雲巨人　食蛛獸
霜蟲　鼠人　百足魔獸　冬狼　烏妖　巡守納迦　變種蠍　刺尾
獅　灰精靈　銀龍　卉泥怪　混沌獸　號手神使　犬魔　星界使
徒　怯魔　囚魂屍　風巨靈　慾魔　煉獄生物　怨魂　獒首神使
箭鷹　煉獄生物　弗米蟻族　殭屍　鵬羽天　嚎獸　火童　岩
漿魔蝠　鍊魔　伏行夜影　夢魘　夸塞魔　幽影夜犬　獨爪唇
土焢蟲　縛靈　夜嘶獵犬　吸血衍體　屍妖　熾天神侍　火蜥蜴
飛頭蠿

stalker 書迷

VIII

好了，他終於消失了。

誰曉得，也許去過迪士尼樂園後就返回台灣了。他沒再和我聯絡，我們也不會再碰面，就像他喜歡的那個句子：就像兩個各自運轉的星球！

我在香港的生活乏善可陳。不過，要說的話，一生不都如此？白天睡到十點鐘，吃頓早餐，上上網就已經中午，我通常會到學校附近的餐廳吃飯，總是那幾個同樣的地方，一家燒臘店，一家賣粥的，還有兩家可以飲茶，偶爾去一家西餐廳吃牛排和薯條。

曾經有一位上了年紀的女作家在華人女作家研討會上拉著我的手臂說，你知道嗎？我現在只想過過好日子，完完全全不想再痛苦地寫作了。

痛苦地寫作？

而在另一場又是女作家的研討會上，一位年輕的女作家看進我的眼睛說：我們這種人，怎麼可以過平凡的日子？我們只能擁有轟轟烈烈的生活……

轟轟烈烈的生活？

去大學中文系上課。我一週有兩堂下午的課，因自認口才不佳，每次上課當天我會比較緊張，前一晚也會做筆記，準備講題和Notes。我的課程有十二個學生，他們聽得懂普通話，但很多人不會說普通話，只能以英語和我對談。

我會談談戲劇與表演對我寫作的影響，新聞與文學寫作之間究竟有什麼關聯等等。我會從自己的經驗出發，談談著名創作者的例子。

最重要的是，這是文學創作系，我還得教寫作（Creative Writing），我上了幾回，自己也覺得無趣，學生們喜歡聽你說一些當年勇，如何從一名懵懂的文藝青年走到創作之路。但是，這對他們有什麼益處？寫作，怎麼能教？能寫作的人自己便會寫了，不能寫的，別人教有什麼用呢？我對Creative Writing這兩個字不是沒有疑問。

但是能被請來上課，總比沒人理睬我，要好一點吧？我常常會有自我矛盾的心理，一方面覺得世間一切都俗不可耐，一方面又覺得自己不可能脫離人群去出家。

VIII

八歲時和父母和姊姊去碧潭旅行，我一個人走在父母身後，父母在為找不到路而吵架，那時我已覺得人生好無聊，家庭生活不過如此！彼時我真是一個悲傷的孩子，我不知道活著要做什麼！

難道現在我便知道活著要做什麼？我便知道生命的目的？為了實踐自我？為了洗淨自己前世的罪孽？為了活活看，因為如果不活下去就不會知道活著是什麼滋味？或者，我只是不知道死了以後會怎樣，所以不敢死？

不，我害怕死亡，我不會選擇死亡。如果必須，我會選擇活下去。好死不如賴活。

愛是捨生的事，我不覺得是甜蜜的。

那天在Facebook上看到有人留言。一個叫吟遊詩人留的言，這位吟遊詩人以前也曾在我的部落格裡留話，曾經問我一些寫作的問題，好久也沒他（她）的消息，現在又出現了。

我記得他（她）曾經問我：「寫下來，會覺得心裡可以舒坦，但不寫的時候，會不會反而在心裡留得更深。」這個人引述我的文句，並問我：所以我該寫或不寫？

我不記得自己當初如何回答他，如果此時此刻，我會回答他，那就先不寫吧。

可是，這也不是好的回答。

我到今天也仍然有這樣的疑問。寫，只是一種感覺，你覺得你可以把事情把人生把思想把感覺記下來，如果不寫，你便一無所有。

然而是這樣嗎？反而寫下來的只是那些幻象，你自己逐漸相信那些幻象，那些輪迴（Samsara），你以為你自己便是寫作的那個人，你以為你的生活便是寫作，不過是一種我執心罷了。

寫作究竟是我的輪迴，抑或是涅槃所在？或者都不是，只是娛樂自己的方式？我以寫作做生命之賭，下的賭注便是自己的生命。

吟遊詩人？愛是捨生的？這是太宰治的句子！或者，像他們這樣的人，不管是太宰治或吟遊詩人，他們的靈魂是比較深刻，而我非也。我不了解愛為何是捨生的？

愛不是為了共同實踐理想嗎？雖然，我並不是理想主義，而更現實主義，但愛是捨生的，這種概念我窮盡一生不會明白。

我很快地給這位吟遊詩人留了上面那些話語。

面對著一窗美景，你是否感到孤單？

才短短三十秒，對方馬上傳上這些話。

是的，孤單，然而是美好的孤單，不是寂寞……

我才傳上這幾個字，按下enter鍵時，心裡升起一個奇怪預感，這位吟遊詩人會不會是那個姓丁的傢伙？

你是否愛過？

這幾個字又傳來了。那是我一本遊記的書名，以前我便說過，這句話是大哉問，我還無法好好回答。

你是丁？

我詢問。

沒有回覆。

你是丁！

仍然沉默。

我眺望著九龍夜景，疑問像霧般逐漸將我包圍起來，彷彿我又來到拜占庭的城邦，站在蘇菲亞城裡的山上。

去年，整整一年，我像中了魔。我和一位遠方的陌生人通信，我一封又一封地寫，他亦然。我們每天都在等待對方的信，如果沒收悉，整天便坐立不安。我不知道他是誰，長成什麼樣子，他可能也不知道我。但我認識他的文字，他敘述事情人物的方式，深得我心。他可能是作家，雖然他不知道自己是作家。

我被他優美的法文吸引，我愛上他的文字。我愛上他以法文和我通信的語調和語法。

那是魔法。我走入文字陷阱。我走入文字迷宮。我曾經以為自己再也走不出來了，就算有不會融化的羽毛翅膀也逃不走了。我非常煩惱，我煩到病了，在大熱天的德國南部山上，希特勒蓋的鷹巢，我臉色蒼白，中了暑。我一直不停地發抖，再也走不下山去。

Q後來以為，我的病與希特勒有關係，他在那山上發動了世界大戰，屠殺了四百萬猶太人，這整座山沾染了他的惡氣。

Q不知道發生了什麼？我們是應邀一個活動一起去的，既然我已病了，Q只好放棄參加，帶我下山。我沿途低下頭緊緊以雙臂抱住自己。我迷失了，我怕自己從此與靈魂失散。回到家後，我一度昏厥，Q為我做了冰敷，他認為以毒攻毒，那是治療中暑的好方法。我從昏迷中甦醒，一直咬緊牙關。但Q是對的，我的體溫開始下降，我醒了，但我的靈魂仍沉睡？我在心裡仍然反覆寫著所有的句子，我走不出迷宮。

但時間可以治療一切。我雖然未走出迷宮，或者我已走出了？但至少我未再發燒，熱度降了下來，後來，我信也少寫了。我把他的信全刪除了，除了他的名字，我一無所知。我彷彿一整年只在寫一本遺忘書。

然後我來了香港。

我的心似乎沒來，就像奇勞夫斯基的電影《雙面維諾妮卡》（*La double vie de Véronique*）（*）的故事，我人住在這個城市，但有另一個我還在保加利亞，我相信。我曾經魂不守舍，曾經逃家，不告而訪，但沒相遇。他以文字撫摸過我，他說，肉體的接觸哪裡比得上靈魂的接觸？但這也不過是一個句子，一個男人不經心說的句子。後來，他在旅館酒吧間等我，我沒出現，也沒陪伴他，我一直在城市邊緣走動，經過竹林，經過露天咖啡座，那時我很瘦，無法進食，想到他時，我便一根又一根地抽菸，那不是思念，那是思索。但我不知自己思索什麼？我亦不知他是何許人，其實我們非常陌生。我們只傳遞過對方一些文字。一些想像。

所以我說那是一場文字障。

我關了電腦，試著靜坐，但一波一波的疑問不斷跑出來，我很快便放棄了。我從來不是安靜的人，心思和想法都很繁複。來了香港以後，那個保加利亞男子再也不重要了，熱度退了，我過正常的生活，只偶爾擔心，自己是否得過什麼心病？以後會不會再患？

我確實不曾愛過。我不曾愛過任何人。我確實，在找尋什麼我自己都不清楚的東西，但我不會找到，可能也沒有那樣的東西。

在刷牙時，我看著浴室的鏡子，我想我應該打電話給Q。或者，我應該寫信給那個讓我著魔的人？

我一直追著意義和遠方，從來不曾活在當下，也從來沒有注意我身邊的人，我如何愛？什麼是愛？

以及，我似乎連自己也不愛？只知道給自己找麻煩，一個又一個挑戰，我總是做沒做過的事，去沒去過的地方，認識不認識的人。

我從來不知道什麼叫愛，還需要再說一次嗎？一個沒人愛過的小孩，怎麼可能知道愛是什麼？不是都寫過了嗎？一再重複地寫，還不夠嗎？必須老提這個老掉牙的人生難題？

丁回去了嗎？他是什麼時候回去的？

想到這個人，我確實也很好奇，畢竟有一個人，因為你的書而跑到這麼遠的地方來？我也很想知道，他是什麼樣的人，什麼樣的書迷？

VIII

只是我不知道他未離開香港。

吟遊詩人在Facebook上繼續留言，這一次語不驚人死不休：我總是在葬禮時笑，而在婚禮時哭。

這是波特萊爾的句子，你尚未回答我，你是丁嗎？

肉丁？柳丁？

你就是丁了？

你就是丁了！

＊港譯奇斯洛夫斯基的電影《兩生花》。

IX

他帶著筆記本來上我的課，安靜地坐在課堂上，沒鬧事。

下課後，我和他走一段路。他告訴我，他有一個親戚住調景嶺，他去那人家打地鋪，很快便和那榮民伯伯吵了一架，搬走後，因為喜歡王家衛的電影，他去住了那家著名的重慶大廈，現在錢包丟了，就流浪街頭。

流浪街頭？你為什麼不回台灣去？我著急地問。

我不想。

為什麼不想？

不想就不想。

這是什麼回答？我擔心地看著他。沒錢幹嘛留在這裡？

他抓住我的右臂，有錢才能留在這裡，像你這樣有錢的作家，才能留在這裡？我不能留在這裡，這是你的法律？

我被他的手力嚇一跳。

對不起，我說錯話了，那就這樣，我修正我的說法，你留下，我走，可以吧。

我踏步離開，內心真是和他告別了。從此以後，就像對待一位路人，我不必對他有責任感，不必擔心他流落街頭，為何多此一舉？只因為他讀過我的書？

那時我們站在大學中庭廣場，四周都是走動的學生，我一個人往角落走去……

我下了樓，出了學校，快步走上竹園道，我愈走愈快，氣喘吁吁，是誰給他這麼大的權利，這麼大的手力，他憑什麼抓著我？

我再也不要看到這個人了。管他流落街頭。

我一個人站在獅子山公園，天空萬里無雲，風微微地吹，我那樣站了一會，終於稍稍平靜下來，慢慢地踱步回旅館去。

其實，埃及才是我的夢土，我祕密地造了一艘梭船，一直渴望能和兒子渡海到埃及去學習科學和建築。

但我因暗戀帕西菲而一直不能成行，總是期待能再看到她，即便一眼也罷。

而她卻愛上一頭公牛？

就在我和兒子伊卡孚斯要搭船渡海前夕，帕西菲要麥諾斯通緝我，阻止我的遠行。她半夜來找我，使出渾身解數，對我說盡甜言蜜語，最後才表明目的：訂做一隻木製的母牛，好讓她爬上去與白牛性交。我震驚無比，說不出話。尤其，她說，是麥諾斯太愛她了，是他的慾望召引多羅神派遣公牛而來。她還說，這段戀情只會維繫一個夏天。

我想告訴她，我不只會愛她一個夏天，我會愛她永生永世。但愚鈍如我，怎麼可能說出來？即便望眼欲穿，只想有機會與她獨處，想起她時便如慾火焚身，亦不可能吐出一字。

X

It was night, and the rain fell; and falling, it was rain, but, having fallen, it was blood.

才開了電腦，Facebook上映出的首句又是他傳上來的。我立即將之刪去。

Conviced myself, I seek not to convince……

仍然刪去。

我關上電腦，又打開電腦，快速地進入自己的Facebook留言給他，我們真的是兩顆各自運轉的星球，它們不可能相遇，只可能相撞！

幾個小時後，我離開旅館要出外吃晚餐，又看到他，揹著一個背包，神色黯然地站在對街的巴士站牌前，不知等了多久，他似乎並未預期我會出來，一動也不動地從對街望過來。

我假裝沒看到他，顧自向九龍塘方向走去，我步伐穩而快，很快地走入又一城，我往Food Court方向走去，眼光停留在某個服飾櫥窗前。

行老師。他叫我老師，打斷了我的凝視，那模特兒身上一件火紅的襯衫，配著粉紅與粉綠的裙子及一雙紫色的靴……。我應該是在櫥窗的玻璃上凝視自己散亂的頭髮，和乾燥的嘴唇吧……

行若水，是他站在我後面，囁嚅地說。

我無語地看著他，似乎我一時真的無語了，他怎麼就這樣跑進我的生活裡了？我覺得自己躲藏在某處，不願開門見人，而有人努力敲門，我才打開一小門縫，他卻整個人鑽進我的人生。

只是想來告別，他的聲音微弱，與前幾天抓著我的模樣截然不同。

你要走了？回台灣？

嗯，明天早上的飛機。

他遞上一本太宰治的《人間失格》。不想帶走，送給你。

我看過了，而且我認識太宰治的女兒津島佑子……。我說，一副想和他撇清關係的樣子，他沉靜地聽我說話，但我才啟口，便覺得自己可笑及無聊，我的語氣似乎像在對一位親友炫耀自己剛買的名牌包包。

去年秋天，我應邀到潢濱神奈川近代文學館去講談，對談人便是津島佑子，更早之前，我是她父親的書迷，得以和她同席，我備感榮幸。她氣質高雅，長相像她父親，她臉上帶著微笑，那時剛出版了一本小說檢討戰後日本的侵略。我在席間談論她的書，發表想法，我的說詞了無新意，但她卻不停點頭。

後來我問她，您是女性主義者嗎？她說，如果不是因為女性主義，大約就不必寫。她的意思是，有想法要說的人，應該都是女性主義者了。她微笑地看著我，我也微笑以對。她菸抽得很凶，但抽菸的樣子像個小女孩，她父親自殺時，她才剛出生不久吧，她和自己的父親亦無機會相處。是因為她父親嗎？我也喜歡她這個人。

不過，我和津島佑子只見過一次面，並不熟，我向他解釋。彷彿也不明白我為何突然解釋這麼多，他立刻點了頭，表示在聽我說話。

四下望去，人群那麼匆忙，只有我和他站在那裡。我是出來吃晚飯，他呢，整天沒事只想拿一本書送給我？

吃過晚飯了嗎？沒。那一起吃飯，吃完再走吧，我說。別問我為什麼又請他吃飯？

是不是因為我不喜歡一個人用餐？我說不上來。我常有那種中國人才有的說辭：飯總是要吃的。我以為，既然無法提供他更多，那倒不如請他吃一頓便餐。

我們坐在Food Court的桌連椅上吃泰國菜，他沒怎麼吃，而是專心地跟我說話，他說了又說。

華興中學畢業後，他應徵海員，年紀小，但被破格錄取，當實習生，在船上兩年，後來愛上Luc Besson的電影《碧海藍天》（*Big Blue*）而留在澳洲當潛水員，他說在海底下的感受就像閱讀他喜歡的書，進入另一個迷人的世界，有時他心情惡劣只要潛入海底，情緒便立即好轉。

但他遺傳了氣喘病，無法長時間待在海底。

我聽他說話。他說得多，話說得慢，有點像要取悅我，深怕說了什麼我鄙夷的事，他時時檢驗般地觀察我的表情，如果我露出笑容，他便放下心，如果皺眉，他則吐吐吞吞地，不敢再多說。

所以，你像Leni Riefenstahl一樣，在澳洲愛上潛水？

他笑了，對，我很崇拜她，Leni Riefenstahl有一個不可思議的人生，三十歲時是希特勒御用攝影師和電影導演，五十歲深入非洲拍土著，七十一歲學潛水，大量拍攝海底世界。但她實在活得太久了，像九命怪貓。

她已經死了，我說。

她已經死了，但我還活著。

你曾經想死？

他打開那本太宰治，原本我將之置於桌旁一角。他似乎看都不必看，便直接打開這一頁。

在過往的人生中，曾多次期望有人能殺了我，但我從未想過要殺人。因為面對可怕的對方，我反而只想著如何讓對方幸福。

你有憂鬱症？

我不知道是不是叫憂鬱症。

你在寫作？

他望著太宰治的《人間失格》，又看著我，然後說，好想洗個澡，已經好久沒洗澡了。

我同情心大發，答應讓他到我的旅館房間洗澡，但條件是洗完就得馬上離開，我嚴肅地說，他回答沒問題。

在巴黎的學生時代，我租了一間Chambre de bonne，那其實是帝制時代布爾喬亞家庭給傭人住的房間，因位於頂樓，一般都沒有浴廁，但我的房東卻自己動手造了浴室。那時，我常讓沒有浴室的同學來洗澡，好多年間，我從事如此經濟的慈善事業。其實我是有潔癖的人，我很不喜歡別人使用我的浴室和廁所。

我和他一起走回旅館，我走在前，他跟在後，我似乎有點急躁了，我在急什麼？我不清楚，我希望幫他一個忙，一個讀者，一個仔細讀過我的書的讀者，在他離開香港前，讓他把自己洗乾淨。但我也同時有一絲不耐煩，我跟他真的必須有這種連繫？

從前我是少女時，曾經和父親一起走在街上，父親總是走在前面，而我總是落後一大截……。怕別人說我是他女兒嗎？還是怕別人以為我是他的新外遇？

他洗了很久。

我在旅館房間上網瀏覽，我給Q寫了信，我不常寫信給他，也不常打電話，我經常旅行，而他總在家，我無法忍受兩人長期相處，所以常常離開。

我從來沒有機會告訴他，關於去年的事，我迷航了很久。我想我終生不會說。

僅僅問一些瑣碎的家務事。譬如，請他為我繳了新保險費，或者請他幫我再訂幾本書，信尚未寫完……

浴室門打開了，他走了出來。

乾乾淨淨的一個人。我此時才發現他的相貌不錯，肩膀很寬，鼻子很挺，要說面相，雖然我不懂，但他的耳朵下垂很尖，這非福相。但整張臉因為洗過顯得潔淨而清爽。

謝謝你讓我淨身。

啊？

淨身。

他站著不動，我提起他的背包交還給他。他仍然不動，只是微笑著。樣子像個羅漢，我在北京碧雲寺看過一尊羅漢，是那名羅漢像他。我和他握手，後會有期了，Cowboy。我說。

什麼？

So long, Cow boy!

他沒讓我放手，緊緊地握住。

我被他的雙手握住，身體慢慢轉向他，他靠著牆，抱住我，開始脫我的衣服，一切是那麼自然，我沒反對他。

我做夢也不會想和這樣一個人上床。

他太年輕，他有那種我一向不欣賞的憒懣表情，他太武斷，他不夠明白女人的身體。但這太難解釋，我彷彿被某一種說不出的力量吸引。是他的青春？還是他的毅然決然？

他將舌頭置入我的嘴裡，他的唇飽滿又濕潤。

他的下體脹了起來，緊緊抵住我的大腿。

他脫掉我的內褲，也脫掉他自己的。

不，我坐了起來，我不行。

他跪在床上，慢慢地，他下了床，穿上他的衣服，他看了我一眼，拾起他的背包，離開了房間。

我聞到這人的氣味，在他離開之後。是麝香吧？還是刮鬍水？或者就是一個慘白男孩的氣味？

我打開電腦，回到自己的小說。

帕西菲懷孕了，全國盡知。只是很多人還不知道，她的孩子是半牛半人的怪物。她不但不害怕，且非常愛這個孩子。麥諾斯亦視怪物為己出。

我為此困惑，或許麥諾斯真的愛他的皇后？儘管我打從心底便不認同這個國王。

我不但擅長雕刻，也愛建築，蓋過不少樓宇和宮殿。人們真心愛我，因為我總能滿足他們精神和物質上的需求。帕西菲又來找我，似乎在利用我對她的情感，她告訴我，國王會召喚我，賜下最高榮譽。她不要兒子活在人與動物彼此分離的世界，她希望兒子活在屬於自己的世界。他們要我為怪物量身打造一棟皇宮。

建築一座神殿，要符合公牛和帕西菲的靈魂和肉體。裡面有飛鳥爬蟲花園水池與無數的房間，麥諾斯說得頭頭是道，他要的是一座天堂。一座禁錮的天堂。

關於這棟建築該有什麼外觀和內物，國王要求我繼續與一群有學問和品味的黨國元老開會討論。會議冗長，大家意見都不同。那些人又吃又喝，動輒召喚寵兒孌童陪伴，人人發表大論，我只覺得昏昏欲睡。

XI

我走進父親的房間。他的臉龐已明顯地凹陷下去，他以口呼吸，正沉沉入睡，我悄悄退出他的房間，走到客廳去喝水。

姊姊不在家，新來的女看護Irene是泰國人，正在陽台上清洗尿壺，她走過來以英語問我，你會打麻將嗎？你父親一心一意只想打麻將。

我不會，但我可以馬上學。我說，我可以等姊姊回家，剛好三缺一，我們四個人打打看。

那一年，我十歲，父親第二次嚴重外遇，母親非常傷心，她做了一個決定，她要消失得無影無蹤，我們都不知道她去了哪裡，她把所有的衣物和用品鎖在房間的櫃子裡，但是她再也不回來了。

父親試著父代母職，每天下班煮飯，他會看完電視、報紙，晚上十點左右離家，他以為我們不知道，因為他要我們姊妹十點便上床睡覺。

日復一日，我每晚都會躺在床上，關上燈，然後，等著他出門。

我那時有點想問他：爸，你不要出去，好嗎？

但我太膽怯，從來沒說。

半年後，媽開心地回來了，她聽說父親和那女人斷了關係，她以為她的方法奏效，很得意地告訴鄰居，我聽她告訴那位太太，「那就是殺手鐗，好讓他留在家裡。」我一直沒拆穿父親的真實生活。

更早，我母親半夜幾次要我快穿上衣服，因為你父親又去搞鬼了，做那些不三不四的事情。我被她帶到警察局，一次又一次去了台北東區的一間公寓。警察說，她是個孩子不上去了，在樓下等。母親本來不願意，最後只好答應。母親一直要我去求父親不要再做那些「下流」的事。她覺得我說一定有用，因父親最疼愛的是我。

大約就因為這些事，我的父親形象完全毀壞。父親已不再是父親，至少不是我心目中的父親。我再也沒正面看他或和他說過什麼話了。也許因此他也對我不滿，曾經嚴厲地處罰過我，只因我不小心將剛煮熟的飯鍋翻倒在地。他要我跪在門前，我不願意，只好離家出走。

那是大中午的夏天，我只是個小孩，也尚未用過午餐，又渴又餓，我直直往前走去，愈走愈遠。

更小的時候，我仰慕他，總是期待他早點回家，帶什麼禮物，或說什麼故事。我的父親是全世界最偉大的父親，我常驕傲地把他寫的書法給同學看，還有一本他自費出版的小書，書名是《正確的公路駕駛》，綠皮封面，裡面有許多插畫。後來，我不再在乎父親了。我把書墊在熱鍋之下。

我坐在沙發上漫無目的地觀看電視節目，想及父親如今種種，也不知能存留多久？突然非常傷心，我走進房間，父親已醒了，他說，我要回家。

回家？哪一個家？我不確定父親是指哪一個家，大陸老家？不會吧，他痛恨他弟妹，那些人只會坑他的錢，而他母親已經死了。他在台北和媽媽的家？媽媽一個人住宜蘭精神病療養院，並不在家呀，如果要說家，現在只有姊姊這裡像家了。

你們怎麼搞的，我不想住院，我要回家。

爸，這裡是你家，不是醫院。

你現在也不說實話了。

這是實話，你沒家了。這裡是姊姊家，也是你家。

你這小孩從小不老實，滿口胡言亂語，只會騙人，是誰教你這些騙術，我沒有你這個女兒。

爸，你說什麼，我一句也沒騙你。

你壞透了，還繼續狡辯……，壞透了，我告訴你，我沒你這個女兒。

我衝出房間，衝出姊姊的家，我再也受不了這個父親了，我受不了，他的病，他的死亡。

我一個人站在馬路中間痛哭失聲，還好，即時雨就在此刻下了起來。

XII

才擦乾眼淚，正要往地鐵去，就又看到他。

我今天不想見到任何人。

對不起，發生什麼事？

你不是回台北好幾天了。

我的信用卡找到了，不必急著回去。

我真的沒時間陪你。

我跑了起來，他也跟著我。我上了地鐵，他也上了。我發覺我搭錯方向，他也在車廂的另一端。我下了車，他也下了車。

我終於走回旅館，他沒敢走入大廳。我要上樓前，走過旅館前的庭院，他就站在那裡，無言，無表情，還是揹著那個Patagonia牌的黑色背包。

你不能再這樣跟著我，你知道嗎？

我知道。

我看著他，對他充滿厭煩，那麼髒的頭髮，那一身黑T恤和黑西裝外套，那條短褲和球鞋，都秋涼了，他還穿短褲。

好，我走。他從西裝裡掏出一封信給我，然後轉身就走。

回顧過去二十六年的光陰，說實在話，一點都不有趣。孤單的童年，痛苦的少年，厭煩的青春，但我仍試著以自己的方式活著。

一直到開始讀您的書。

您教我學習「看」，我現在看每一件事物都和從前不一樣，我不知道為何如此？我看到往昔不曾看到的，我也在往昔不曾停留之處止步。每一件事都深切地進入我的內在，那裡到底發生了什麼？我不知道。

寫這封信給您，是因為要出發了。雖然，還不知自己要往哪裡去，我想要接近你，只有藉由你我才能明白自己。

我從來沒有愛過，我一直與愛擦身而過，因為我不懂！我最愛的人已躺在墓裡，而那般純真已成絕響。我不知道為什麼自己活下來，可能是為了要認識您吧。作為這世界最後一位騎士，像浮士德般，也像惡作劇般，我被迫開始一趟流浪之旅。

不知不覺，我受到您的影響，我也變了：我想為您活下來。

我想繼續觀看這個世界。

他才二十六歲？原來他還這麼年輕。我不是不可以和他做個普通朋友，我們之間有某種說不出的吸引，但我總覺得他是一個不祥之人。我覺得自己必須排除他。

讀完這封信，我更深信我們之間有隔閡，雖然我也明白他身上的畸零，或許和我也有這麼一點相像，但是他闖入我的生活，希冀從我這邊得到活下去的勇氣，已經成為我的負擔，無論如何不想再與他有更進一步接觸。我把他的信摺起來，置入書桌抽屜裡。

我並不厭惡這個人，甚至有點同情他？但是如果他再這樣跟蹤我，我該怎麼辦？

我以長途電話向一位女友求助，她和我談過後，做成了結論：如果再來騷擾，你得報警。

他在我朋友的口中先是「無聊男子」，然後是「病態男子」。
但報警？太嚴重了吧。

stalker 書迷

XIII

一場暴風雨無預警地降臨，雷聲隆隆，雨顆落在旅館的玻璃窗上，除了雨拍打的聲響，四周悄然，天色陰沉，彷彿正像我的內在心靈風景。我坐在書桌前繼續寫作。

我離開那些吵鬧和無聊的會議，決定只和自己的兒子伊卡孚斯（Icarus）一起工作，我要他畫公牛和美麗皇后的身體結構，我指示他，骨骼和肌肉的線條要清楚，連動脈都要畫出來。

公牛還好，但我怎麼會明白帕西菲的骨骼和肌肉？兒子認真地問我，我也頹然，不要說他，連我亦不知帕西菲的肉體，而我多麼渴望一次長長的愛撫。

我陷入想像，描繪起間歇和神祕的情愛，激情的通道可以長驅直入，時而蜿蜒，時

而垂直，但是激情過後的席榭，當然也會回復冰冷無情。

猶如魂魔附身，我日以繼夜地工作，從未休息，是的，我只期待帕西菲的感謝。

我決定出去走走，就算淋濕我也不管。

我下了樓，看到他。他好整以暇，坐在Lobby的小沙發上。我愣住了。但決定不發話便離開。我向櫃檯借把傘，撐開便往外走。

他從後頭趕上，靠近我。

我們這樣走了一陣子，我有雨傘他無，即便如此，因雨勢愈來愈大，我的裙子也濕了一半。在等紅燈時，一名雙層巴士司機開車過猛，我以為差一點會被撞上，是因為他們右邊駕駛？而我習慣左邊嗎？還是這裡的人空間感不一樣，香港本來就地窄人稠，而我在歐洲住久了？

我看到一輛出租車，遂臨時起意，召喚車子，紅色的車子停了下來，我快速地丟給他雨傘，坐上車，關了門，迅速地留下他。

他拿著雨傘，但未撐起，站在馬路中間，我回頭看他時，他仍然那個老樣子，我看不出什麼表情。

「去邊度呀？」那位同時在聽出租車呼叫系統及廣播節目的司機回頭問我，問得好，我也不知我要去哪裡？我說，往前走，但他聽不懂普通話，我重複：往，前，走。我以為我慢慢說，他可以聽得懂，但我錯了，他很迷惑地看著我。

我把手伸出來，直直一比。他仍不明白。Just go anywhere. 仍不懂，怎麼可能懂？我急忙掏出紙筆，寫下「深水埗」。不知為何，我突然想起這個地名，我一向喜歡這個地名。沒有緣由，就這三字。

深水埗？

很好，車子慢慢在雨中駛了出去，他的人影也愈來愈小，然後，看不見了。

那天之後的幾天，我出門都預約出租車，並讓出租車直接開到旅館地下停車場，因而躲過了他。

對於人，我總是恐懼地顫抖。

這個句子寫在一張香港旅遊局印的明信片上，寄到旅館1508號房。

隔天又收到另一張：愛，存在於這世上。這點無須懷疑。不著痕跡，是愛的表現，也是愛的乞求。

朋友從法國寫電子郵件來——你得換旅館房間，快，快，別再讓他找到你。

但旅館是學校訂的，我是學校邀請的作家，這家旅館屬於學校所有。接待我們的助理這麼說。她和我聊了許久，當時沒有定論，她說，她明白我的情況，會再和主任商量看看是否還有他法可以讓我搬出那棟大樓。

高中時代，我曾經也遇過一個怪人，他幾乎天天在女校旁的小路上等我，每當他一看到我，便會盯著我的制服念出：三年樂班，謝如心，學號77302，然後打開他身上的黑大衣，裸露他的陽具。

剛開始我簡直被嚇壞了。

但幾次以後，我似乎習慣了，我摀著耳朵，直視地面，快步通過他。

他這麼做了一個學期。

還有，更早，我童年時代，也有一位年長鄰居老是要我到他房間去取玩具，他以送玩具為由來接近我。有一天，他進一步撫摸我的下體。我丟下玩具離開了他的房間。

這些人以強迫的方式和我交往，但我從來沒告訴教官或父母，好像隱約中，我默認他們做的事？

但這個人跟以前的任何人都不一樣，我說過，他的畸零之於我，是相像的，我似乎完全明瞭他，可又完全不明瞭。

如果我再也不能取悅您了，我想我將很快離去人世。

這是另一張明信片上的字。

我的朋友在電話上說，別讓他恐嚇你。這是他的詭計。他知道你心軟，這是唯一可以接近你的方式。

我自己想過，如果這世界上有這麼一個人，他說他愛你，非你不可，付出一切，包括付出他的生命都在所不惜，那不就是真愛了？

那不是真愛！那是無理及霸道的占有！朋友大聲地說。

是我的內在吸引了他？是我的錯嗎？我不應該對所有事物，包括自己的人生，都有一種強烈的不確定感。我覺得自己總是漂浮在事物的表面之上，毫無目的，漫無目標，drifting，載沉載浮，我不知自己在哪裡，也不知自己可以到哪裡。

對人，我亦復如是。我不像很多人，他們對人總有定論，一眼便能看穿對方的心機，就像仙人跳，他們永遠不會陷入這類陷阱。對於人，我也有恐懼。很多人與人交往也有原則，他們在別人行為模式中立刻明白對方的想法，他們從一句話便可判斷別人的心思。我卻不是如此，我看透又看不透。

我也可以，但又不盡然，總會給別人第二次機會，就算我錯愕、傷心，但仍會心存善念，或許我誤會了，難道不可能嗎？如果要判別人死罪，就該絕絕對對地判對，不能有一絲判錯，不是嗎？是我過於天真嗎？我寧可不相信別人的惡……

我看他就像流氓，所以不會給他任何機會。我聽過別人如此形容他們認識的人，彷佛被形容的人真的是流氓。

是我懦弱沒有原則嗎？我容易原諒別人，任何人對我的出離、背叛和污辱，我皆可以原諒？同樣，我也容易忘記別人的良善和好心？我總覺得一切行為表象裡一定有某些不能解釋的意外或巧合。

總覺得人既複雜又簡單，我似懂非懂。所以我把許多認識的人當成「素材」，那素材有時可以成為題目，有時又不可以。

有時我的素材太多了。有時，時間過去，素材又顯得如此禁不起考驗，便會被淘汰。

是我不懂倫理道德嗎？還是我被教育成為那種人，不但得對那些善待我的人好，還得討好那些不善待我的人？而我們這麼做，只希望人人對我們好？

我一方面聽取別人的意見，任何人的意見，一方面又責怪自己耳朵軟；去接納別人的意見，形同犧牲自己的想法。就像一位我滿欣賞但古怪有加的作家Patricia Highsmith所說，她不能和絕大多數的人交談，因為那只會破壞她的創作靈感。

我想多交些朋友，但又受不了他們的嘈雜。我想積極向上，但又怕自己過於自大，過於自我中心。

我在尋找我的素材嗎？抑或有時我也搞不清楚了，是素材在尋找我？所以像丁這樣的人很容易找上我？

我和別人一樣，對別人好，是因為希望別人對我好。丁是一個例外。但我亦逐漸發現，他奉獻他的心給我，似乎毫無條件？他使我喜歡自己的另一面。

之前，如果有人向我表達愛意，卻不是我所喜愛的男性，我不會讓那些人接近我。對男人，我黑白分明，不是情人就什麼都不是。我無法與男性做普通朋友。

丁讓我明瞭自己，也讓我發現，我其實也不明瞭自己。

但尚不清楚的是，那些輕生厭世的言語是向我乞求情感，還是他真的面臨人生困難。什麼困難？

丁明勝筆記之三

壁龕　神壇　拱門　射孔　落石口　木桶　石床　長凳　活動書櫥　火盆　大鍋　地毯　壁雕　木柩　甬道　高背椅　吊燈　炭箱　裂縫　滑槽　衣帽架　坍塌的牆　竹簍　碗櫥　睡椅　破門　糞堆　邪徽　落石　火坑　壁爐　聖水盆　噴水池　乾草　坑洞　神像　鐵柵欄　刑具　窯　木梯　織布機　手銬　飼料　鏡子　灶　油畫　傾坍的天花板　枷具　淺坑　石柱　水窪　閘門　斜坡　浮雕　燭台　屏風　馬廄　寶座　絞盤　武器架　洗手盆　鐵砧　灰燼　背包　風箱　綬帶　血跡　人骨　非人骨　書　靴子　酒瓶　碎玻璃　卡片　爪痕　衣物　利刃　蛛網　水漬　屍體　骰子　碟子　滴水　皮鼓　塵土　打火石　蕈　鉤子　號角　沙漏　昆蟲　甕　印記　壁霉　啤酒杯　弦樂器　香料　燃油　紙帛　枕頭　菸管　魚竿　茶壺　碎布　剃刀　綻線　符文　焦痕　空卷軸匣　骷髏　長釘　獎牌　熄滅的火把　鉗子　罈　廢柴　塗鴉

stalker 書迷

XIV

我真的不曉得他怎麼會知道我要去南丫島？在中環四號碼頭等候泊船時，並未見到他，我站在船艙外，看著繁華的香港島景在我面前倒退，船徐徐往前行，海風吹拂著我，海鳥呼嘯而去。

我那樣站在船艙外許久，要返回艙內時，看到了他。

你瘋了嗎？怎麼知道我在這裡？告訴我，你怎會知道？

他當然沒說話。

請你一定要告訴我！我的聲音幾乎像哭聲。

告訴我！

現在是什麼讓你抓狂？我如何知道你要搭船去南丫島或者是我和你搭船去南丫島？

兩者都是。請說吧，說吧。

我不會告訴您。請讓我保有這個關於我們之間的祕密。

我因空腹上船，開始頭暈起來。

那你走吧。遠離我，請走開。

我對他再度大聲起來。

一些人從船艙內走上來，他們經過我們，走到另一端去抽菸。

如果我不能靠近您，那我寧願現在就跳海。

你跳啊，我賭氣地說，我直覺認為他的話是挑釁，但我何必承受？

他沉默了。

我們站在甲板好一會兒，風大起來，吹得臉頰都冰冷起來，我走回船艙裡的座位，他一個人仍站在甲板上。

過一會兒，他走近我的座位，遞給我一本冊子，封面寫著四個字《親愛的你》。

我看著他離去，才一頁一頁翻開，那是他讀我的書後所做的筆記，好幾篇。第一篇寫的便是他讀一篇名為〈親愛的你〉的散文後所做的筆記，那是他第一次讀我的書，他描述當時的震撼，隨後便開始讀我其他的書，在那篇文章裡，他封我為憂鬱教母。

我安靜下來。想像他那時讀我的書的心情，他明白我的陰暗傷悲，我為什麼不明白他的？我確實不想明白他的陰暗傷悲。沙特有一句話說得對，他人即地獄。因為我是作家，所以他願意來明白我的，而因為他是一名讀者，我沒有必要去明白他的？

他只會是一個路人，如果不是因為他讀過我的書，我們只會擦肩而過。

我們兩人各自安靜地坐在不同的座位上，汽船撲向水面般地前行。

南丫島到了。

保羅和英英已經在岸邊等我。

我魚貫地隨著旅客走上岸。

我已經八年沒見到他們，保羅現在是法國駐香港副領事，他們在南丫島租了一棟新蓋的洋房，自從知道我在香港後，便力邀我來。英英是我先認識的香港朋友。很多年前，我們曾在巴黎戲劇學院是同學。

我上了他們的車子。英英說，剛才有一個男人一直盯著你，你認識他嗎？

我不認識。不，我立刻修正，我認識，但完全不熟，他自己說是我的書迷，一路從台灣跟到這裡來找我，他幾乎每天跟著我。

He is a stalker!

保羅做下結論，faire attention, s'il te plait。你真的要小心，英英也這麼說。

我告訴他們，我和他有過談話，他很敏感，能明白我在說什麼，他甚至很容易明白我的肢體動作，能背誦我寫過的句子。

那真是病態，怎麼會有這種人？

就算如此，還是得小心，他們再度下了結論，和我另一個朋友在電話上說的一樣。

人們全要我小心這個人。

他們也不見得知道這個人是什麼人。但我卻同意了他們。

我和他們及一雙兒女午餐，他們家井然有序，兩名傭人，一個是管家，一個管園藝和游泳池，園子裡的花木不少，也真的需要有人管。

飯後，他們要午睡，也指引我一間房間，我睡不著，坐在那間雅致的房間裡等他們，大兒子菲利普在游泳池游泳，我從窗口望出去，看到他們的德國狼犬在游泳池畔陪著他。游泳池畔有幾棵非常漂亮的芒果樹和大王椰子。

然後是下午茶。

我們東聊西聊，談起楚浮（＊）和高達的電影，我喜歡楚浮，他們喜歡高達。我說，高達是從小備受寵愛的孩子，而楚浮剛好相反，這是為什麼我那麼愛《四百擊》。保羅和英英從不與人爭辯，他們會聽取你，會完全同意你，即便你說的和他們所說的完全不一樣。我們從未爭論。

他們倆也是愛書的人。保羅說起他最近讀的書，是一本瑞士作家的暢銷書，書名叫《廚師》（*Der Koch*）。英英正在讀Alice Monroe的《生命是一條河》（*Time is a river*）。他們問我在讀什麼？我說希臘神話，一些有關迷宮的書。果然，他們異口同聲：啊，太有趣了。但我們的談話也到此為止。

話題轉至高爾夫球，最近他們倆迷上高爾夫球，好不容易才加入市立高爾夫球俱樂部，他們很雀躍地拿出會員卡以及新買的球桿，有一位香港最著名的禪師也是高爾夫球手，那位禪師告訴他們，打高爾夫球正如修禪，只要心無旁騖，就很容易進桿。

我在晚餐後離開。那時天色已黑，我們三人散步到船岸，走了很久。船已經在岸邊等了。我和他們告別，便上了船。才坐在一個靠窗的位置，手機便響了，是英英，她說，你要小心，那傢伙也上了船。啊，真的，我回頭向下張望，並沒有人。英英說，我幫你報警吧，這太騷擾人了，你還要忍受多久？

我一時不知道怎麼回答。

好，你不能決定，我們幫你處理。不，請別報警，我阻止她，但不確定她是否聽進去了？她掛上電話。

我走出船艙，果然看到他，又揹著那個黑色背包，一身西裝，短褲。他無辜地看著我。我突然心生愧疚，他並不是罪大惡極，他只是一直跟著我，難道這也有錯？必須到警察局？

我問他剛才一整天都在做什麼？

他說，他坐在海邊想跳海。

為什麼想跳海？我問後，馬上又改口，為什麼不跳？

不跳的原因可能是因為我認識你了吧。

想跳海，因為，所以，又不想跳了？

所以不跳了。

還做了什麼，除了想跳海而沒跳？

再讀一次〈惡之華〉，波特萊爾的詩。你呢？你一整天又做了什麼？

我沒做什麼……，我去朋友家喝茶，這是此行唯一目的。我居然說得有點心虛。

你不像你書中的人物，你書中的人物不像你這麼被動。

我有些驚訝。不，應該說，大為驚訝，他如何看到我的性格特質？就憑他讀過我的書？

你說得太武斷了吧。而且，像你這麼緊迫盯人地跟著我，我還能主動嗎？

你有沒有想過？或許你是非常被動的人，所以別人只能主動，如果別人不主動根本不可能有機會認識你？

你覺得我該主動些，因為該認識多一點人？我為什麼要認識那麼多人？我不耐煩地問。

你誤會我的意思了。

是嗎？……你到底為什麼要跟著我，為什麼想跳海後來又不想跳，這些究竟是什麼意思？你到底有什麼問題？

這些都不是什麼問題。

那是什麼問題？

我不會和你說這些。

好吧，不說就算了，你只要不在我面前死就好。

我注視著他。他的眼光直直落在海上倒退的波浪上，我們那樣無言站在船緣，看著海水倒退，許久，我忽然忘記了眼前這個人是個麻煩人物，且天天跟蹤我。奇怪的是，我和他這席談話的語氣似乎倒有點像最近我和Q的對話？

我走下船艙，沒再和他說話。

一直到抵達中環碼頭前，我都沒再看過他。我猜他就在船艙上吹風吧。應該不會跳海吧。事實上，我也不相信他一整天坐在海邊只想是不是應該跳海。

船艙抵達碼頭，但擴音器卻播出一段廣播，且居然報出我的姓名，要我靠岸後先行報到，我這時才想起來，是英英之前在電話上說過想報警的事？

兩位香港警察，一男一女，他們問我的姓名，查看我的證件，然後問我，是誰跟蹤你，請你指認，旅客一一地踏上接駁木板，女警不停地以眼光詢問我，我搖搖頭。

他是倒數第二個走出來的旅客，一反常態，嬉皮笑臉地看看我又看了警察，女警再度瞄向我，我當下又搖搖頭，他在我們面前走過去了，還回頭向我做了一個勝利的手勢。

兩位警察再三問我，剛才法國大使館有人報警，那個跟蹤你的人呢？我不知道，我一直沒看到他，我朋友也告訴我看到他上船了，會不會船開動之前他又下船了呢？

XIV

或者還在船上？警察問我，對，或者還在船上，我支吾起來，我可以走了嗎？你們還需要我嗎？

需要，請你再等一下，我們要確定他是不是還在船上。

＊港譯杜魯福。

XV

我和伊卡孚斯日日夜夜地辯論，無止無休：這究竟是女性分娩的子宮？是神聖的幾何？宇宙的秩序？螺旋向上無限進出的體現？還是一個心靈洗滌和醫療的過程？一趟回到自我的旅途？是這樣的數字排列？3-2-1-4和7-6-5-8？

伊卡孚斯聰穎過人，他常有天馬行空的想法，但缺乏現實考量和實際工藝經驗，他甚至不知人間疾苦，但我非常愛他，我們兩人各有所長，我很願意和他一起工作。

之後幾天我沒再看到他。

但是傍晚他又來了。這次他坐在國際中心的候客沙發上，看起來很焦慮，手腕上綁著紗布，我有些訝異，訝異什麼？我訝異自己似乎就認為他早晚都會坐在那沙發上似的。我隨即擺出不悅的表情對他說，我要和你攤牌了，你這樣沒完沒了，誰也受不了。

我問他為何手上綁著紗布，他說他摔跤（後來才知道是他自己以手劃破玻璃窗所留下來的傷口）。摔跤？我說，你真是個問題人物。

他像犯錯的孩子般聽我說話。我想說什麼，但又不想說了。我說，好，你今天不必跟蹤我了，我請你吃飯，可以嗎？

可以。他說話的表情說明他並未被我的反常決定嚇著。

我們坐在大學附近的一家西餐廳，午餐的人非常多，我們坐在一張小桌子前，四周人聲嘈雜。他拿出一本書，是我的散文集，我翻開來看，他像從前我在學校讀教科書那般地劃線，並註上心得，我讀著他註上的心得，我怵然地闔上書。他不只在行動上跟蹤我，其實在字裡行間亦然，他一直在偷窺著我的靈魂啊。

但是寫作的人，把自己的思想這樣毫無保留地寫下來，就是希望別人能讀到，本來作者便有某種暴露狂，靈魂的暴露，不是嗎？而讀的人不也是思想的偷窺？只是不同的人偷窺的程度不一樣罷了。

你有任何生活的目的嗎？我把書還給他。

不知道，沒有吧。

過一天是一天。

真的是。今天只過了半天而已。

那你對生活已無期待？可以無怨無悔地去死？

當然不是，我當然還有期待，當然還有怨還有悔。

那你為何要死？

你為何要活？

你覺得我們的交談毫無意義，毫無交集，是吧？

有點是。

莫名其妙的回答，是就是，不是就不是。

To be or not to be, that is the question.可以這麼標註，To be or not, to be, that is a question. 所以我不是To be or not to be, 而是To be or not, to be.

你在說什麼啊？

因為我曾經認為自己的處境頗像丹麥王子，所以《哈姆雷特》這本劇作我讀得很仔細……

你究竟什麼時候離開香港？

我不知道。

為什麼不知道？

眼下還有點急迫的事。

急迫的事？像你這樣的人還有什麼急迫的事？

您並不了解我，我已經跟您說過很多次，我對生命的看法恐怕和您不一樣，我更悲觀，更虛無，更無藥可救……

所以你就了解我？你還可以告訴我，我們的生命不一樣？

我真的不解，他，一個陌生的讀者，只因讀過我的書，怎麼就這麼肯定，我不了解他，而他了解我？

對不起，抱歉。我也不了解你，如果我說了解你，可能是我的錯覺，我以為我了解。但以我的觀察，你是一個喜歡寫作的人，寫作帶給你生活的樂趣，你很幸運，老天爺賜給你這麼高的才能，你可以把你所有的思想及感受全寫出來，而大部分的人不能。

我懷疑，這些話怎麼會出自他口中？彷彿像我自己的話？

確實，能夠表達自己內在感受是一種幸福，或許也正因為如此，我從未想到要毀滅自己，剛好相反，我總覺得要趕快去寫……去創造，那是一種重生的方式。

我一直在尋找的，便是像你這麼溫柔的人。他這麼說。

像我一樣溫柔？

你是否會錯意了？我從來不是溫柔的人，我甚至還寫過一本書，書名便是《我不喜歡溫柔》。我說，不，莒哈絲說過，溫柔只是姿態，溫柔排除了激情的可能。我怎麼可能溫柔？

自從認識您以後，我更認定您是溫柔的，外表雖然有點冷漠，給人不可接近之感，那是因為您的眼神，您的眼神太銳利了，目光如劍，我便不敢直視您，但是在那雙冷漠如劍的目光之下，您的心非常柔軟，幾乎像美麗的絲綢一樣，無法承受任何重量。

他為何有這些觀察？不過是個大學剛畢業的人，人世經驗並非那麼足夠，卻能直視別人的內在？剎那之間，我有兩個念頭，他不正是我所期待的讀者？不，甚至是朋友嗎？我卻只想遠離他。

他問我：您今天不喝酒？

他早知道我已經酒精上癮，一直忍著，我只是不想讓他看出我的弱點？

我沉默著。

我們一起喝一杯，可以嗎？

我說，好吧。

我們就各自點起蘇格蘭威士忌，他加冰塊，我不加。喝酒的他更滔滔不絕。我看他心情不錯，不像要自絕之人，正準備要告辭時，他又說話了。

您知道嗎？您最好的作品都是早期寫的，您的第一本或第三本，後來的作品都沾染了商業氣息，您一直想寫暢銷書但卻半調子，既不暢銷又遠離了您本來的純淨。您已經快玩完了。

我呆若木雞地瞪著他。

我感覺到自己的血液賁張，怒氣沖沖，剛剛才恭維，現在居然就批評我了！我很想對他發一頓脾氣，但我沒有，這麼做實在太無風度了。只好試著冷靜自己。

你小時候是自己一個人玩，還是跟別人玩？

這是我認為最快能了解別人性格的一個粗略問題。另一個方式，在我看來，便是問星座，但後者需要詳細的生辰八字，而且我還不想問他那些。

於是，也理所當然，這個問題觸動他的內心，他不像先前那樣滔滔不絕，現在多了一份沉靜。

我小時候都一個人玩，他說。

我玩各種自己發明的遊戲，我製造遊戲規則、地圖，還自己用黏土塑造士兵和敵人。有時，我和別的孩子玩，但他們最後總是不耐遊戲規則的繁瑣考驗，很多人最後放棄。大部分的同伴也都住很遠。因為我們家離學校需要一個小時半的車程，來回三個小時。我國小時大部分的時間都在通車，沒有轉學的原因是我父親死了，母親沒時間管我，九歲那年我便算自立了，那年父親在家裡上吊，是我先發現他死了，他用我的童軍繩套了一個結，便把自己掛在陽台上方的一個鋼管結構上。他太重了，我無法把他弄下來，便打電話給我母親。

我是獨子，有個同母異父的妹妹。我到現在還不是很清楚父親為何上吊，我不知道是因為憂鬱症還是受不了我母親有外遇。還是兩者都有。我對父親的印象很模糊，他喜歡唱歌，很和氣，常幫母親做家事，他教訓過我，認為我不該動輒掉眼淚，他說男兒有淚絕不輕彈，一定要記住！

但他是否自己經常流淚呢？這是我最近常想的事，以前我只要問起母親，她便生氣，她不喜歡我去「翻攪」父親的事情。

母親在父親死後一年再嫁，動作很快，我的繼父是個賭徒，曾經幹過一大票，也曾經入獄多年。我母親一直跟他在一起。我稱呼繼父寇叔，或者偶爾不小心會像別人一樣叫他寇桑。

父親的自殺對我有什麼打擊？我很生氣父親就那麼留下我和母親，就那樣不聲不響地離去。他難道不知，那對我該是極度的不幸？但我只有九歲，我在母親事不關己的態度裡不知所措，怎麼父親這樣離開我們，而母親似乎反而覺得是好事？我的憤怒逐漸轉至寇桑身上。

所以我說，我九歲便自立了，也是緣於對母親的不滿。她似乎只為寇叔而活，常常忽略了我。

有一次，我去浴室洗澡，門沒關妥，她推了進來，看到我的裸身，尤其是我的性器官，她些微不悅地質問，為什麼在這裡洗澡？然後，她走了出去，並把燈關了。我本來可告訴她，這裡是浴室，難道不在浴室洗澡？而且我還在浴室，為什麼把燈關了，視我如同不存在？那一年我十五歲了，我知道我讓她看到父親，我和父親長得實在太像了。以後也有幾度；她在昏暗的街道上不小心看到我時曾尖叫，或者失魂落魄。

高中生起，我便四處打工，搬了出去，一直到上了船，去船上實習，應該是我這一生到目前為止最愉快的時光。我覺得自己雲遊四海，父親一定會以我為榮。

高二時，我愛上一家漫畫出租店的店主女兒，我那時喜歡看漫畫，經常去他們的店，她在店裡幫忙，她父親也知道我喜歡她。

有一天他父親不在店裡，她走過來問我要不要喝芬達，我說好，我們兩人便坐在店門口的階梯上喝汽水，看著行人走過。那時，她問我，你會愛我嗎？我竟不猶豫地說，至死都會。我真的愈來愈愛她，我知道她也愛我，我們是兩小無猜，那是我的初戀。

但命運很快便促狹了我們。她因先天性心臟病而熬不過隔年寒假，與世長辭，她走前沒有痛苦，在她父親面前，她亦不敢和我多說什麼，她父親終於讓步，借步走到走廊去抽菸。

我趴在她身上哭了好久，那嚎啕聲之大，也許整棟樓房都在震動，她也以她身上僅有的微溫回報我的慟哭，她說，不要哭，為我活下去，所有我沒有機會活的，請你幫我活。

不久，我便上了船。我確確實實每一件事都為她做，因為是為她而活，我才活了下來。

但這一、兩年來，我很愧疚，那種為她而活的動力突然變弱了，我有幾次甚至覺得自己不能再為她而活，我被罪惡感、不潔感纏繞，心裡有很大的壓力，我討厭自己，也不喜歡這個世界。

但我愈來愈自我矛盾。有時我想及她，仍像昔日，我第一次送她玫瑰花，她燦爛的笑容，我們第一次牽手、初吻，她素淨而甜美的臉，舉手投足之間是那樣純真、動人，我覺得我不會再喜歡別人了。那幾年，我看不到別人，我以為大部分的人醜陋又愚笨，不像她冰雪聰明……。我把全部的愛都給了她了，我因此是一個空洞無情的人，行屍走肉如機械人，正如我所設計的魔法遊戲裡的魔怪，我再也無法愛任何人了。

我有時也很後悔當年為了一些小事和她嘔氣。譬如她生日那天我送的衣服，她說她喜歡，但從來不穿，在我逼問下才承認其實不那麼喜歡，是看到我那麼熱切希望她穿那件衣服，才說自己也喜歡。當夜我氣極了，我要她把衣服拿出來，拾起一把準備好的剪刀當下把衣服剪碎。她阻止不了我，而激動地哭了。

我多麼希望自己能重生，能永遠為她活下去，但這份純真的愛被我玷污，我覺得自己再也撐不下去了，這也是上次在南Ｙ島想及跳海的主因，我這樣冒犯我愛，還值得活下去嗎？我沒有她卻活下來了，但不再愛她，會使我活不下去。

他的眼神閃爍不定，似乎在自己的過往的故事裡發現了什麼，他一時無法捉摸出線索，他停住了。

當他娓娓道起自己的身世時，我發現這個人可以是一個素材，我的小說素材，因此，我有興趣及耐心地聽他說話。他使我想起德國浪漫主義詩人Novalis，終生愛著一個死去的小女孩，寫了許多純粹的詩。

我跟許多寫作者一樣，我們對別人的故事飢渴，我們在生活中尋覓素材、題目或者故事情節。如果有線索，便會傾全心投入，去理解，甚至去參與。

參與別人的生活？像變色龍般把自己轉化成別人生活中的一部分，或者，自我調節成為別人加入自己生活的可能接觸源？

那時，我想過，該拿這個人如何？我模糊地做下一個自己亦不肯定的結論：豢養這個素材。也許他以後是一個創作的可能性？我筆下的人物？但潛意識裡我知道他是個不吉祥的人，凡他愛過的人不都已死去？

他絕不是一個充溢喜氣的人，他有點沉重，不但身體有點重量，靈魂亦然。雖然他精神奕奕，好似從來不睡覺，沒有固定住宿，在香港街頭走動，認識不少人，住在朋友家或便宜住宿，譬如住重慶大廈。

他向我描述他在香港的生活，使我大開眼界，他可以在香港每天只花二十元港幣，且活得有聲有色，比我的生活精采太多。我每天只坐在旅館的桌前，上網和寫作，難道不像活在象牙塔內嗎？

原本我只想請他吃飯，勸他離開香港，結果我們聊了五個鐘頭，兩人都喝醉了。

丁明勝的筆記之四

海市蜃樓、五官幻覺、心靈感應、幽影如夢、凌空而行、變身隱形、解析咒文、祕法印記、星界投射、贖罪術、放逐術、降咒、召雷術、矇矓術、困惑術、崇敬術、異界探知、漫天蟲蝕、舞光術、觀命術、律言、任意門、移位術、託夢法、糾纏術、抹消術、羽落術、火焰箭、燄擊術、石化術、解錮術、行動自如、飛行術、閃光塵、神莓、聖居、造風術、封門術、聖光擊、聖言、冰風暴、迷幻手稿、奪魂術、魔魂壺、融身入石、篡改記憶、夢魘、秩序之怒、魅影駒、聖域術、復生術、鏽蝕爪、塑語術、蔓生術、蛛行術、死者交談、刺石術、臭雲術、飛蟲走獸、召喚怪物、狂笑術、巧言術、共鳴術、融身入林、靈視、隱形僕役、水面行走、願望術、回返真言、誠實之域、遺忘椅。

XVI

為何會做出這個決定？應該就是酒喝多了。之外，我也認為，他身上沒什麼錢，搭出租車對他又是一筆開銷。

那時，他問我，因已太晚了，是否可以在房間打地鋪，就是在旅館地板上睡一覺。沒問題，我說。把毯子鋪在地毯上，並給他枕頭棉被。他那樣睡了一覺。

第二天早上，我醒來時，他也醒了，他坐在地上看著我，我請他立刻走，且不能讓任何人知道他曾睡過我的房間。他說好，站了起來，我送他到門口，關上門，深呼吸一大口氣。

當晚，晚飯後我坐在旅館房間看電視，有人在門口敲門，我上前詢問，居然是他！

我噤聲不語，他敲了又敲，我寫了張便條紙從門內塞到門外：

以後不要再敲這門，我累了，你應該盡速離港，回去過你自己的生活，做任何事都好。

紙條塞出去後，果然外頭便沒聲音了。

過了幾個小時，旅館櫃檯打電話到我的房間，說走廊上我的房間外頭坐了一名年輕男子，他不肯離去，怎麼趕都趕不走，說是我的朋友。

天啊，怎麼天底下這麼麻煩的人也被我碰上了，這是我那時最大的感想，我告訴櫃檯，他一定得走，我跟他並無關係。

我將耳朵貼在門上傾聽門外的聲音，走廊上已無人聲，我打電話至樓下櫃檯。是的，他們說，他最後被幾個人拖出去了。

這一次我很徹底，只要出門，務必叫計程車，而且也儘量不出門。常以旅館的Room Service充飢。

姊姊來電，父親病危已入院。我立即放下一切，直奔醫院。姊姊一見面劈頭就說，以前你在國外，沒看見你也罷，現在人都在香港，竟然連個人影都沒有，好歹也來看看你爸的死活！

為了在香港能駐校一年，我已犧牲許多，姊姊並不知道。她始終認為我過於自我中心，和父親一樣，沒有任何責任心。在看護回來之前，請你在這裡陪他，姊姊吩咐我的語氣，使我不悅。但再怎麼不願意，也無法推拖。

我不是很喜歡陪伴病重的父親，寧願常去探望，但無法整天陪他。我怕他身上的臭味，那皮包骨，而乾燥得幾乎快裂了的皮，他連坐都坐不起來，瞳孔已成鵝卵石之色。

他完全沒有意識，只是躺在床上，食物是鼻切以流體送進，還插上抽痰管，他病入膏肓，而我是全世界最不會照顧父親的女兒！

三天後，女看護Irene 終於回來，我如釋重負，不停地謝謝並塞錢給她。

爸，你好不好？

好。

爸，你痛不痛？

不痛。

爸，我走了。

快回去。

這是我和父親固定的談話內容。我真想知道他腦子在想什麼，但他什麼都不說。是不想說？還是說不出來？或者他的心已被無止盡的痛苦控制？他的靈魂已被恐懼吞噬？

一個月前，他至少親口告訴我，他悔恨極了，當初不該拋棄我們回大陸老家，他忍不了這口氣，自己的親妹妹坑了他。他又重複提起，忘了已經跟我們講過多次了。

父親那時把全部的退休金都用來投資大陸老家的工廠，條件是工廠必須僱用他妹夫、妹妹及他們的一雙兒女。父親不停把自己的積蓄匯過去。剛開始，他們對他很好，過沒一年，他們發現父親無利可圖了，便去討好黨書記，將父親的話當耳邊風。

那次是他妹妹在廚房炒菜，父親因自己膽固醇高，便到廚房吩咐他妹妹。鹽少放一點，鹽少放一點。他好聲好氣地說。他妹妹已聽過這種交代無數次了，這一次她轉過頭繼續放鹽，並且說，就你吃菜，別人就不吃了？

那是多年前的事呢！他現在走到人生末路居然只想起這種小事！或者這亦非小事，他從這裡看到好妹妹的背叛。

隨後的兩年，他妹妹和黨書記不但把他的錢花盡，還去告發他不法。

但現在癌細胞已轉移到腦部，父親再也不能自由行走了，他不接受這件事實，每天堅持要做復健，他必須沿著欄杆來回走，只有這樣走動，才讓他感受自己還活著。

我不該說，但我一樣忍不住說了，爸，不要浪費你的體力了。他說，你懂什麼，你懂什麼！你們這些女兒！

他一輩子都在行走！爬山、逛街、走動，與女人調情，現在要他躺在那裡等死嗎？姊姊也這麼說，就讓他走到不能再走吧。

他很快便不能走了。

他把鏢靶治療肺癌的藥物，通常一天只能吃一顆，那種抗癌藥藥性很強，能殺死癌細胞，不過副作用也極大，他一日卻服用三顆，整個人不省人事，臉都發黑了，醫生來急救，他稍稍清醒時才承認，藥是一天吃一顆，但為了要快點復原，所以他吃三顆。他差一點便死了，從鬼門關走了回來。

我筋疲力竭地回到旅館，忘了叫司機直接開進地下停車場，一下車，才踏入旅館大廳，我便意識到丁可能在附近。

他果然像遊魂一樣晃到我身邊。我佯裝沒看見，我真是忙了三天，夠疲憊了，我直接走過旅館大廳，走到電梯前，按下電梯鈕，走入電梯內。

他也跟我走入電梯內。我心裡開始盤算應該跟他說什麼，我滿腹怨氣，從父親那裡一路回來，一路上我都是雙眼含淚。

要再說一遍嗎？他，我父親，那年我國三，他熱戀一名女子，那女人短小精幹，穿著短裙高跟鞋，跑來家裡摁門鈴，我去開門，她問我：你是謝如心？

你怎麼知道？

你父親告訴我的。你們什麼時候搬走？

搬走？

我回頭看一眼餐桌前的母親和姊姊。

母親從餐桌那邊捎來一句：為什麼要我們搬走？她是誰？

那個女人拿出一張紙，往上晃了一下，告訴你，你爸早就把這棟房子過戶給我了。

她用食指往大門一指，你們要趕快搬出去喔。

我父親就這樣將他的妻兒變成自己的不速之客，我們只好搬出自己的家。如果父親曾經有家歸不得，我就必須想起我們也曾有家歸不得，且也是因為他的殘忍和自私。

他和那女人只要好三年，而代價是那棟我們住過十八年的公寓。

我滿腦子都是父親的事，現在又跑出這個肉絲丁來煩我！

你真是夠了再加夠了。我發了火。你以為你是誰？你讀過我的書，你很了解我，所以你便可以與我同進同出？我就必須天天看到你？你有沒有想過，也許我一點都不想再看到你？如果你當初沒過來告訴我你讀過我的書，我走在街上，不但不會和你說一句話，連看你一眼都不可能。現在我們說了這麼多話，你以為你便是我最好的朋友了？甚至男朋友？你到底以為你是誰？你到底為什麼覺得你有權利這樣跟著我？

我連珠炮地對他開講，他低頭聽我一口氣訴說。我講完了，我看著他，他沉默著。

我也沉默著。

是我需要你，我最近有個難關過不去……

好，我又開始火大了，就算是你需要吧，就算你有難關過不去吧，我憑什麼就要來照顧你的需要，幫你度過難關？我父親快死了，我母親也病了，我自己的婚姻也有問題，而我卻必須來照顧你！

你不需要，你沒有義務。

謝謝。我真的謝謝你這麼說。但說到就做到，請你永遠離開我，好嗎？好嗎？

我激動地哭了，淚如決堤，我不理會他，轉身便走到自己的房間，我將鑰匙卡插入門把，門開了，咔嚓，多漂亮的聲音，多好的事，這世界上有一扇門因我而開，就因我一人。我取下卡片，正要踏入門內時，他也向前一步，側身問我，行若水，我亦不是你的仇人，我真的關心你，不忍心看到你哭……

我點點頭。

身上的皮包滑落到地上，他搶步為我拾起，要交給我時，我正好轉身，我碰撞到他時，他順勢抱住我，彷彿正像我迎向他，我動也不動，沒有掙脫。就讓他抱著，過了許久，我終於被放開，踏入房間裡，門一直是開的，他也跟進來。他關上門。

他不敢走動，就站在門前。

他說，我可以為你做什麼嗎？任何事，只要你告訴我，只要我做得到，我都會去做。

我只會要你做一件事，我對他說。

什麼事？

走開。

他愣了一下，但會意過來，他轉身要走時，我倆四目相視，他非但一反平常敬畏我的樣子，神情好似在詰問我什麼。

有時候，我也很迷惑，我看你的眼神分明要我留下來。

我要你留下來？我要你留下來？

他沒說話。

是你自己想盡辦法要跟著我，不是嗎？

對，是我想盡方法跟著你，對不起。

他向我告別，才走了幾步，突然很快又轉頭走向我，他抱住我，並吻起我。

我沒拒絕他，也沒拒絕接下來的吻。他開始吻我的肩膀及腋窩，之後，我的衣服滑脫，他脫掉他的襯衫。

他躺在我身邊。他的手在我胸前游走，但有點遲疑。然後，他毫無動靜，躺在那裡。也許正因如此，我的性慾被挑逗而起。

我們那樣不動聲色，安安靜靜併躺在一起，許久，許久。

我撫摸他的下體，柔軟，安靜得有些反常，我繼續撫摸它。很快地，它具體起來，非常具體、實在，以驚人的速度。但他仍動也不動，我們臉上都是熱氣，已失了忍耐，一時不知該怎麼辦。

做吧。

他這麼做了。

當他進入我時，我似乎因等待過久而興奮，他的動作有點生疏，但他有一雙淫穢的手，一切都很自然，我們的節奏配合得天衣無縫，只是他和我一樣都沒出聲，是不敢或不願意？

也因此，四周太安靜了，安靜地令人屏息，只能聽到自己的呼吸聲，以及肉體碰撞軟骨或液體的某種聲響？他終於忍不住地輕喊一聲。

這幾個月來的哀怒、自我辯證、心律不整，逐漸安靜下來，高漲的身體慾望像消退的浪潮捲走了一切。我終於能喘口氣，平息下來。

事後，我讓他在床上躺著。

我躺在另一邊。

他將手置於我的腰上，沉沉睡去，我把他的手移開，在黑暗中等待睡意。

我從來沒愛過這個人，他也永遠不是我會愛上的那種人，他真的不是。

我對Q沒有任何罪惡感，一點都沒有。剛才發生的雖然不太應該發生，但已經發生了，就這樣劃上句點吧。我確實已不是熱情的人了，或者我本來便不是？

第二天早上我醒來時，他已走了。我四處看了一下，他真的走了，沒有偷走什麼，不留任何痕跡，也沒留下任何東西。很好，太好了，走得好。我為此高興，高興一會後，我卻納悶起來。

這只是單純的性關係，我才發現，在我人生中從來沒有過一次，曾經想過但做不到，我從來無法和任何不愛的人上床，但現在我變了。

我可以將性和愛分開，就像很多男人一樣。我不知這改變是怎麼開始，從何而來，但現在已經改變了。就在昨夜，他讓我改變了。

我已經是不一樣的人了？更像男人了？以後會怎麼樣呢？我隱約想過，這並非我希望成為的我，但我也並未因此覺得不安。

他走了，也是好事，希望他再也不要出現了。

第一次發生性關係是大學畢業那年，一個我很喜歡的帥氣男生在草地上吻了我，我整夜失眠，因為擔心自己會懷孕。那位男生是聾啞者，我為了他學了一整年的手語，卻從來沒有機會和他交談。他那時很想和我發生性關係，但他說不出來，他從來也沒說出來。所以，我反而和一位已婚的法國教授發生關係。

之後的性關係亦不全是出於自願，多半是因為喜歡某人，而願意以性來換愛。

和Q剛結婚時是有許多精采的性生活，但為什麼後來變成這樣？為什麼關係會愈來愈淡？我真不知道。

我撥電話給Q。

他不是很歡迎。我問他為什麼聲音聽起來好像有點煩悶，他說現在是幾點你知道嗎？我看了錶，我沒注意時差，現在他那裡才早上五點半。

你想說什麼？

不想說什麼。

那你為什麼打電話？

我打錯了。

已經多久了？我感到孤單無依，那些年，我從來沒這種感覺，我一直受Q的保護，我有個溫暖的家，再怎麼難受，Q都在那裡，而現在，我和他不像以前那麼親密了。而我父親已日暮薄山。

XVII

希羅多德向我描述他拜訪過的埃及迷宮，「在鱷魚城附近。」規模大過金字塔。十二條巷子、六條向北、六條朝南。雙層樓房，三千間房間，全面對面。建築物一半在地下，埃及人拒絕讓他進入，可能裡面藏著埃及王室及神聖鱷魚的墳墓。另一半在地上，偌大的庭院和畫廊，牆壁都是雕刻的圖騰，每條巷子都鋪上白色大理石，迴廊上立有所有完美的柱子。

我打開電腦，在Google輸入他的名字：丁明勝。出現了幾百條目。我一一地查看。丁明勝這個名字在中國似乎多過台灣。在台灣，叫丁明勝的人不如我想像得那麼多，而不論中國或台灣，似乎又以律師最愛這個名字，這是Google的資訊。我在網路上瀏覽，這位我認識的丁明勝並不存在，但這不能證明他本人不存在。我輸入華興中學。

那所學校曾經有許多著名的棒球明星校友，但也沒有他的名字，不過學校通訊錄未有這個名字，也不能證明他不叫這個名字，或者，丁明勝若果真有其人，也不能證明他未讀過這所學校。

我輸入年次，在部落格上尋找，仍沒有他的蹤跡。

我找到一個和他年紀相仿的校友姓名，也打到電信局查詢這個人的公司電話，並直接打到公司找他。

丁明勝？不知道我們說的是不是同一個人，確實有丁明勝，我和他高二同班，高三那年他因父親欠下巨額債務而休學，之後，我再也沒有他的消息。

這位丁明勝的同學，一直問我是誰，為何要知道他的事？我說，他一直跟蹤我，造成我生活不便，所以我想進一步了解這個人到底是何許人物？

跟蹤你，那麼你報警就是了，為什麼還大費周章，從香港打電話來找他的同學？

對方是個多疑者，他的多疑使我也覺得自己似乎多事了，為什麼不報警？但為什麼要報警？他並未犯法呀。或者他犯了法？犯了什麼法？因為他喜歡讀我的書，而處心積慮想和我相處，便是犯法？

而我怎麼解釋？自己為什麼不報警？為什麼還與他聊天相處，甚至上床？

我一方面受不了他緊迫盯人，一方面似乎又接受他這麼做？

到目前為止，他從未強迫我做任何事？或者，他每天出現在我住處附近，便是一種強迫？

我打開一瓶波爾多，給自己斟滿一杯。繼續在網路上尋找有關丁的線索，我按照丁明勝高中同學的說法，打入了亞克米這幾個字。丁明勝的高中同學說，艾克米便是英文Alchemy，丁曾經在台北一家叫亞克米的桌上遊戲供應店裡打過工，並長期擔任一些角色扮演遊戲的D.M.（Dungeon Master）。這與他給我的名片資訊倒是一致。

Alchemy，鍊金術？我一頭霧水，開始逐目逐條地研究起來。角色扮演遊戲是電玩的前身，是一種桌邊紙上遊戲，一般簡稱TRPG，通常一群人圍在桌前玩，也有講究的玩家自製服裝和道具在戶外舉行，每個人可以任選一個英雄武士或魔鬼的角色並擔綱演出，以對話的形式進行冒險和戰鬥，其中一位玩家統籌所有行動和劇情發展，他便是D.M.；說書人兼裁判。他一方面要以情節創造出遊戲世界，一方面還要判定其他玩家的行動結果，並誘使大家進入情境之中。

所以，丁明勝喜歡當這個遊戲的D.M.？這又推翻了原先我以為他是一個人玩的那種孤癖的印象。

我進入「黑暗世界」的Google和維基條目中，再度打電話給丁明勝的高中同學。

但已無人接聽。

奇怪的是，我居然還動念要打電話給丁！雖然我並無他的電話號碼，甚至不知道他在哪裡？

已有三天，他未出現了。這是好兆頭？

也許不必再花心思去尋他了，即便在網路上？我到底想知道什麼？想了解他呢？還是了解我自己？為何要了解他？

彷彿，我又踏入一個迷宮。是被丁明勝引進迷宮，引進他的黑暗世界？他的地下城？他才是城主，或者丁明勝是那頭半人半牛的米諾多（Minotaur）？而我不是那位一直想在島上蓋金字塔的戴達羅斯？或者我是帕西菲皇后？他是多羅公牛？

丁明勝的筆記之五

1. 通緝中的盜賊偷走了冠冕珠寶，遺留下叛憶的皺褶魚尾。
2. 一頭御遣的火龍要求齜齧咬出城鎮臟內的貢品。
3. 遇害的富商屍體綴滿家中地窖寂滅的魂鈿。
4. 城中廣場的飢渴獠牙竟被石化的聖武士在雪夜裡嚇醒。
5. 焚殿後，載閃綢錦緞和稀幻珍貨的商隊正經過煽亂的危險轡域。
6. 狂熱薩滿教徒綁走活人作為狎獻的祭品。
7. 環燒著襞襟的侯爵骷髏得到惡靈救贖。
8. 駕觥獸攣顫的慾望蠟緘封於瓶裝地獄。
9. 某個黯黑騎士在冥獄的血祭後，憑魘地召喚並組織怪物。
10. 低層界的腦髓通道被鑿開，一時羶稠地湧現許多妖魔。
11. 本來被鎖死的礦坑突然鮮竄出許多怪物。
12. 銀翼御衛軍在終極世界盡頭龍骨被尋獲。
13. 人類和精靈發生銀河衝突，怒爍成星宿。

14. 漸濃港霧中熠燃起鬼浪虐豔的雪海。
15. 某位高階祭司遺失了聖徽之恐怖。
16. 邪惡法師發明並揭櫫了肉雕的新型魔像。
17. 久釀的吞夢魔於沸騰的臨終懺悔聲中驚醒。
18. 奴隸販子被迫率兵攻襲紫晶村落。
19. 火元素從法師實驗室中逃逸。
20. 食人魔盤據橋頭收取噬轡（肢解）費。
21. 複製分身鏡不小心顛製出某個英雄的邪惡曖昧分身。
22. 邪術師將闇月妖打入碎鏡深淵。
23. 有人新發現一座懼浪下的末日墓穴。
24. 鄰國無預警發動惡骸靈的突襲侵略。
25. 兩個知名的英雄決鬥彼此先驗想像。
26. 為了潰擊怪物，腐纏的焰影將傷痕舔成一把致命發燙的古劍。
27. 惟有一只古老的神器才可避免災難預言成真。

28. 嗜血花魔蕾苞藏了市長的獨生女。
29. 法師連同法力強大的魔法物品一起被埋在充滿陷阱的墓穴裡。
30. 某個附魔師誘使他人行竊或縱火。
31. 變形的奪心魔聚集並控制了許多奴僕。
32. 鼠人嘔吐出迅發的瘟疫感染了社群。
33. 解開法師設計的魔法陷阱之鑰匙遺失了。
34. 沙華魚人鰭擊沿岸村落。
35. 盜墓者在骸塚堆中發現一座棲滿食屍鬼的大墓穴。
36. 法師需要某種只能在叢林深處找到的魔法材料。
37. 麂皮書籍裡浮顯一張遠古地圖，上面插釘魔法熔爐處滲出血。
38. 地下水道常出現襲擊居民的奇鰕怪。
39. 一名外交官身陷敵國需要咒縛者斡旋及救援。
40. 火焰魔反芻出多幅鬼豔詭譎的煉獄繪卷。

41. 傳言某座鬧鬼的聳天塔隱匿滿許多寶藏。

42. 未尋得海螄螺的南蠻人大舉侵略高山村莊。

43. 被遺忘者竊奪回聖騎士的亡靈。

44. 不明冰雪暴將冬狼引入和平之地。

45. 熔漿上唯一窄吊橋被怪物阻擋，任誰都無法經過。

46. 邪惡傭兵團在村落附近建立據點。

47. 公爵中了孽魔毒素，必須找到解毒劑：千朵鵝膏鬼傘的磨液。

48. 德魯伊需要狙擊手抵禦哥布林的感官侵略。

49. 一則神祕願望演化成古代的詛咒將無辜者變為殺人魔。

50. 石像鬼與巨鷹在山區集體惡鬥。

stalker 書迷

XVIII

我從二十歲出國後，就是一名道地的海外遊子。從一個城市搬到另一個城市，並沒有吉普賽人的性格，也不怎麼波西米亞，可能是為了認識世界吧？或者為了認識自己？我去過許多地方，習於四處走動，移居，一直到二十年前我結了婚。

結婚之後，我定居下來，雖然成家了，但對家的概念仍很模糊。我一直在搬家，遷移，像候鳥也像遊牧民族。雖有家卻又有無家的感受。後來，我又覺得，我的家，我的無家之家，便是我寫作的地方，就算在旅館的桌前也好，或者在火車上，只要能寫，就是回家。

As a woman I have no country, As a woman my country is the whole world.—— Virginia

所以，我不是在電腦的網路上便是在去飛機場的路上。

我是孤單的。Q也是。我因不耐虛偽而少與人來往，卻和Q兩人像共生與寄生的結構，彼此在一起相互取暖，批評別人，這樣日復一日過日子。

我在家時想出門旅行，在旅行時又想回家。我把Q當成我的父母。從前，我常希望逃家，是因為父母沒愛過我。而Q愛過。我只像對待家人般對待他，不像對待情人。

Q覺得奇怪，他和我說過多次，但我無法改。他不喜歡我天天花那麼長的時間在網路上，我每天都去臉書與人溝通、留言。Q說，我覺得很奇怪，你會和人做這麼膚淺的溝通。

是，臉書很膚淺，很表面。但我當作打發時間，別人種菜種花，我只是在臉書上種字，我以為這樣可以了解讀者，因而有理由說服自己這麼做，有理由以這種方式和人建立關係。難道作家都該像張愛玲一樣獨身終老，最後死在單身公寓的地板上？

Q不喜歡暴露自己，後來以「我沒有臉」為名登記臉書，他在那裡寫詩，他年少便寫過詩，但十幾年沒寫。我很訝異他在臉書上寫詩，他不與人溝通或留言，只寫詩。

曾經有記者訪問我，你覺得什麼是自由？

自由，便是寫作。只要心中有題目，又有時間坐下來寫，那就是最大的自由，那時你便是國王，你統治的是自己的文字世界。

與人相處，其實我只喜愛深入而親密的溝通。無論男女，我只愛vis-à-vis，我不喜歡家庭聚會或同學會或派對，但可以上臉書和部落格。

所以，這是為什麼我認識丁明勝。先注意到他在部落格上的留言，隨後又被他在臉書上的留言吸引。

只是，那時不知道，那個名為吟遊詩人的臉書作者便是他。首頁貼著一張看起來悲傷無比的波特萊爾照片及下面的這些句子：

我將獨自鍛鍊奇異的劍術，
四處尋覓聲韻之偶然；
彷若行走於石子路上，
在字裡行間踉踉蹌蹌，
有時，迎面撞上長久渴望之詩句。

Je vais m'exercer seul à ma fantasque escrime,
Flairant dans tous les coins les hasards de la rime,

Trébuchant sur les mots comme sur les pavés
Heurtant parfois des vers depuis longtemps rêvés.

認識他後，他留給我的記憶仍然陰暗，他有一張極不快樂的臉，常穿一身黑衣服（我自己不也如此？）陰鬱地出現，不著痕跡地離開，似乎像吸血鬼？

他就是吸血鬼？

他是吸血鬼，而且需要我的血？認識他將會是我人生最大的不幸？或者，是我想太多了，我那多變的性格，那種cynical的態度，使我常將人際關係賦予一種負面、悲觀的面目。

難道什麼事情都需要想到其陰暗面？他為什麼是吸血鬼？難不成西方小說和電影看太多了？

但，容我是悲觀的，為什麼事情都只想光明及美好？那不也是無知和鄉愿嗎？

這個人像一片黑暗的汪洋大海，神祕、深不可測。他提供了一種絕對神聖的可能，他將他的心奉獻給我，由我祭宰。我彷彿是他的女祭司。

但為何是我？

這是他的病態及瘋狂，還是我的病態及瘋狂吸引了他。或許，認識這個人以後，他吸引出所有我的病態與瘋狂了。

但其實，我的內在有一種潔癖，我對與我交往的人，特別是親密交往的人，有一種苛求。我用幾乎無法達到的標準檢驗這些人，尤其是想與我更親近的人。

為什麼呢？我不知道，可能是因我追求完美，但完美太難，一旦完美，應該就等同死亡了不是嗎？

而且我自己也那麼不完美。目標短淺、自我中心、偏頗、衝動、懶散、不知節制、才華不足、行動力弱、非理性、感情用事……。我有一籮筐的缺點，而卻要求他人，尤其那些想與我交往的人，必須沒有缺點？

但任何人都有自己對人的偏好，如果沒有偏好，那幾乎像沒有原則，而以此類推，難道有選擇是錯的？難道要人盡可夫？

人真是簡單又複雜的動物。並非我一人如此，人人如此。人心多面向，多變化，既陰晴不定，又難以捉摸。人心便是概念，而概念是流動的，並不固定。

概念也是人自己發明的抽象內容，與真相亦無關聯。概念是怎麼來的？從小我們被學校、父母教育特定的人生思想，譬如我曾在國三某次大考得到八十二分，我很高興地將成績單交給父親，我等待的是鼓勵和讚美，誰知父親告訴我：為什麼考八十二分？為什麼不是九十二分？那時我才知道，父親認為八十二分是不佳的成績，這是他的概念，而他便是以如此的概念教育我，永遠要考更高的分數，八十二分，不值得慶幸，也不值得追求……

大部分的父母和老師不都是這樣？他們教我們的不是上進，而是對人生的不滿和恐懼。

母親則是這樣的人，從小我若和任何一位同學來往，她總是會問起那人的家世，是否有錢？是否是好人家？而好人家的定義也只是她自己的概念，譬如那人父親是校長或空軍上校，或者，那人家住那時連城路上的公寓大樓。

一直到今天，我仍然不知道誰是好人家，什麼是家世很好？但最起碼，我自己應該不是來自好人家，現在不管是或不是，父親即將不久人世，母親也不再是那個問我別人家世如何的母親了。

那我還應該和什麼人交往？不應該和什麼人交往？我有一個朋友X，十六年前有一天突然想通了，她是同性戀，而非異性戀。她說，異性戀只是我們的教育，有一天，她把異性戀的態度全丟掉了。第二天，她成為同性戀者。

我一向喜歡有個性和有主見的人，但隨著年紀漸長，也發現任何人都有其雙面性格，只是在某些時空，另外一面才會顯現。所以，友誼確實是需要時間的證明……。什麼樣的證明？這個世界遠比我想像得簡單，也遠比我想像得複雜。我渴望友情，害怕絕情。我只能把友情，任何友情，如果它出現的話，都當成禮物。

情感的本質有一種絕對和殘酷，任何情感。愛和恨經常是一體兩面，喜歡和討厭亦然，因緣不足時，某人離去是理所當然，而就顯示了一種絕對，那便是殘酷。最美好的一定最殘酷。恨便是冷凍過的愛。

而溫柔是什麼？溫柔只是一種過渡性的手段，至少大部分的溫柔都只具表面性，真正的溫柔是心的柔軟，是一種寬容和憐憫，一種懺情，一種祝福別人活得更好，而不只是自己活得好的願望。

大部分的人不知道溫柔為何物？大部分的人也不溫柔，人們急著拿取他們認為該得到的東西，人們抱怨沒能收回他們認為應該得到的情感。他們愛人，因為他們希望別人愛他們，他們習於假裝溫柔。

我並不柔軟，我太硬，太粗糙，在情感的表達。

我的人生質詢已使我走出自己太遠，我離開了自我之家，向外探詢，以至於愈走愈遠，現在忘了家在何處？

現在終於有點明白（有點明白算明白嗎？）：不斷的質詢沒有意義，那些質詢不會有答案。很多問題並沒有答案。

如今，已可以接受這樣的狀態，詢問但不追求答案，我不會再固執地堅持，人世之間，如果有問題則一定有答案，我必須窮盡力氣去找到答案。我不必了。

所以，如今不再問自己，為何會遇見像丁明勝這樣的人，或者他為何會找上我？我亦不再自責。

從前還是少女的時候，認為被看不上的男生追求，是一件丟臉的事。而且，我總是喜歡不該喜歡的男人。後來，我不會了。我變得小心謹慎，不太容易喜歡任何人了。

偶爾甚至會懷疑，我是否喜歡自己？

我懷疑，雖然不再追求答案，但是，我心裡還有多少疑問？

是否逐漸變成宿命論者？是否相信自己被一種更大的宇宙能量支配？而我無能抵抗？

開始在無神論與有神論之間游移。曾經以為自己是多神論，但多神論應該比較接近無神論，有神論相信一個神，相信宇宙由一個神所造，無論是哪一個神……

為什麼我以為自己是多神論呢？可能只是不知道我的神的名字？我不知道是哪一個

神？

但我如此渴望向神祈禱，或者我已經這麼做了而不自知。寫作應該就是一種祈禱吧，否則這些句子是向誰說的？我現在的告白？

我愈來愈混亂了，抑是愈來愈清楚？會不會是我的概念在作祟，使我以為丁明勝是一個怪物，一個不務正業的恐怖分子？其實他只是一個正正常常的人，一個讀者。

而我深知，這一切與丁明勝無關。這一切只與我目前的人生處境有關。

譬如，我該繼續寫什麼樣的題材？我該為自己寫？為他人寫？為誰？

我真的應該寫作？

以前封建社會的婦女都在做什麼？如果婦女沒有編織女紅的才華，也不能全心全意地服侍男性，那麼只能被詛咒。對我而言，許多生活不幸福的女作家正如中古世紀歐洲的女巫，被綁上石頭丟入河裡。如果你真的擁有奇異的能力，那麼請自救吧，如果自救不了，那你什麼都不是，你就是一個該死的人，你死吧。

從前，才子理屬風流，而才女若不潔身自愛便是蕩婦。

活在二十一世紀，該以實踐自我為人生目標？不然還有什麼目標？幫助他人？即便自己尚不能自助？婚姻呢？要維持一個家，一種安定感，那不也同時限制了創作，美滿婚姻的代價便是失去自由，但自由這麼重要嗎？

還是為了實踐自我，犧牲一切都是可以的。

回想多年前陷入的那場莫名疾病，一位為我做心理分析的女人問：什麼事可以讓你快樂？我想了很久，說，大約是書的出版吧，我同時向她提到那時出版的種種不順，使我心灰意懶。

這名號稱做家庭分析的女子矮且胖，收費頗高，她說一個小時一百二十歐元，但你是朋友介紹算你一百歐元，那二十歐元你一定要拿出來做一點什麼，算是我送你的紀念品。我不甚喜歡這種說法，對她亦有忍耐。

那時她說，出版對你不見得那麼重要，若果真那麼重要，那你為了要出版會付出一切，在所不惜，連做妓女都行。但你並非如是。

我第一次聽到有人這麼坦白地說話。但為了出版去做妓女？那跟為了生活去做妓女並無不同？

出版有這麼重要，重要到我必須考慮自己也可以當妓女？我的人生價值觀可以承載這樣的思維嗎？當然不可以，但我為何要重新考量我的人生價值觀？我嗤之以鼻，再也不想去赴約了。

尋求心理分析，Q便不屑此道。

他說，她（尤其是她）們會比你更了解自己？為什麼她們聽取你的生活，對你指指點點，還給出意見？如果她（他一直用「她」這個字，說時還帶著某種性別歧視）們錯了呢？如果她們就是不會了解你呢？你有沒有注意到這些分析你的人並不像你那麼跨領域多文化和多語言？她們恐怕好不容易拿到分析師資格出來開業，回家還要帶小孩，哪能了解你海闊天空的人生？Q誇張地說個沒完沒了，我本來要遊說他一起去做婚姻治療，他說，不，他不會給那種人任何機會去掌控他的人生，我們的人生！

他也不會去算命，不是因為他不信，而是因為太相信了，所以要避免。

所以，他過他的，我又過起我的生活。

來香港前，在樓梯間碰到Q，與他擦肩而過前，我問他，怎麼辦？我們現在都不睡在一起了？他說，沒關係，這也是人生的一部分，人生有時會這樣的，過一會又好了。

人生有時會這樣的，過一會又好了。他的話跟更早之前我說的一樣，那時他也問我：你這樣跑來跑去，常常不在家，是否想到我？我們怎麼辦？

那時，我也有一樣的回答，過一陣就好了。我們太相信人生了。我們毫無所懼。

但我發現，我愈來愈懼怕、擔心了，雖然，我不知道我懼怕什麼。可能，我的麻醉已退，痛苦又慢慢回來了，如果現在不好，過一陣子可能不會更好？
我開始對丁明勝的那一句有同感：對於人，我總是恐懼地發抖。

stalker 書迷

XIX

我還在思索，雖然已畫好草圖，並且開始動工：這是一條人生道路？是一面光滑的鏡子，內心之鏡？這不只是一個可以承受和生育的女性子宮，也是一顆純粹生命的種籽，男性的精子，只有男性精子才能進入女性的內裡，與女體結合，成為一棵生命樹。

我離開我的故事，上了網，在Facebook裡已有許多訊息，但其中一個訊息立刻吸引我的注意：

吟遊詩人：親愛的你，多麼想再一次探知你的體溫，出發至那座只屬於你我之島。

啊，乳房之杯！啊，迷離的雙眼！啊，陰部的玫瑰！啊，你緩慢而悲哀的聲音！

是他！我震驚無比，他怎麼可以寫出這些色情的字眼！在我的Facebook上，他為什麼？他憑什麼？把這些爛句子放在我的地盤？（後來我才知道，那是一部分聶魯達的詩句。）

我嚇壞了，氣壞了。別人讀到這些字句會作何感受？他是要告知我什麼？有什麼目的？這些話為何要公開地寫出來？他大可傳私人訊息給我？

焦慮一波又一波地侵蝕著我。

我把這些話刪去。然後，封鎖了吟遊詩人。

我急著找學校活動組一位叫Alice的小姐，我兩週前已問過她是否可以更換住宿處，她當時表示很困難，因為所有外國作家都集中住在一起，且學校與旅館已有合約。

我把丁明勝跟蹤的事訴說一遍，Alice開始改變態度，她問說：聽起來有點危險，那你會不會考慮報警或什麼……

我仍然認為最好還是換住處，遠離他，讓他找不到我就行，報警太麻煩了。

嗯，Alice小姐似乎願意幫忙，她說她再給我回電。到了晚上，她已經派人開車來載我到另一住處，那是一位大學教授的家，那位中文系教授人在美國威斯康辛大學擔任交換教授，房子剛好空著，那位教授願意讓我暫住幾個月，條件是我要照料那幾隻目前寄宿貓旅館的貓。

XIX

我終於換了住處，可以喘口氣。我知道，丁明勝再也不會找到我了，我完完全全地封鎖了他，把他從部落格和Facebook永遠刪除掉了。

就像橡皮擦一樣，把這個人，這個名字，他所說的，所做的一切，全乾乾淨淨地擦去，Delete。

現在是空白了。

XX

本來生活的規律不見了，與幾隻貓一起住在教授的公寓裡，不但貓味很重，且貓兒們對我並不友善，甚至故意在我的棉被上撒尿。我每天起床便往外走，帶著手提電腦出去。

我每天在彌敦道附近走動，坐在一家Starbucks裡寫字，我搬家時不小心丟掉了那本有關迷宮的圖文集，沒有那本書，我突然寫不下去，因此，大部分的時間我又開始上網。本來為了找書，後來就只是上網。

我去了香港中央圖書館尋找那書，但找不到，我得重新購買時，我又發現，內地有翻譯版，我因此去了一趟深圳，但仍然沒找到。

在各式的努力下，我仍然沒找到這本書。打電話到山東，出版社都說此書已絕版。其實，或許不需要這本書，我仍然可以繼續寫下去，但不知為何，彷彿那本書不在，我便無法寫作，我想起許多人寫作有各種潔癖，譬如筆紙不對寫不下去，時間不對寫不下去，德國大文豪席勒寫作的書桌抽屜得放顆蘋果，不然寫不下去。

說不上來自己的寫作習慣，寫寫停停，不算快手，有時挺羨慕一位作家，四十萬字中文小說，竟然可以在四十三天寫完，一天幾乎可以寫一萬字。但那位中國作家說，下筆寫是四十三天，但構思可用了四十三年，「而且我不算快，內地還有許多娘們寫得比我還快！」

我是遠遠不如那種快寫。現在很多事情開始講究慢，像慢食、慢城，但慢寫絕對不值得提倡，太折磨人。

總之，我分心了。我正在寫的小說停了下來，這種停頓有時可長達數月或數年。過去，因為對寫作的企圖心不大，就如此打發過去，現在卻不一樣了。主要是年紀漸長到一種真的時不我予的地步了，再不寫更待何時？

去年一整年，我只在寫信。今年我想寫作。有點心急，只是心急並未改善我的寫作狀態，反而益發浮躁了。

到了這般，於是所有的質疑又全跑了出來。我適合寫作嗎？我有才華？可以勝任？為什麼我不能寫些現代人的故事，而又再一次去寫古人與歷史？是我的生活條件限制嗎？還是我沒有好的題材？

所以只能寫迷宮？為什麼迷宮？會不會這個題目像迷宮般困住了我？

這個世界究竟有多大？空間從哪裡開始？時間在哪裡結束？隱密的入口得多隱密？建築物即要符合牛首，也要適合人身的生活，雙重性空間如何分配協調？米諾多每天都會做什麼？未來會怎樣？而飛鳥呢？魚呢？米諾多食草嗎？哪裡可以種植一些可以令人快樂的藥草？或者，他只食肉？每年十四位雅典青少年的肉體，夠嗎？

又其實，我既無才華，無文采，也無思想！丁明勝說得對，我以前年輕時寫的東西比較純粹，現在的寫作開始有譁眾取寵的假象。

我居然開始相信他說的話？

一向就是這麼嚴厲地對待自己的寫作。閱讀文學時，心中那把尺量來量去，有品味又傑出的文學作品太少，我的能力真的不足。那麼，還坐在這裡做什麼？

寫得出來是幸福，寫不出來則是苦難。

坐在咖啡館裡看香港。

香港這個城市的速度極快，人們匆匆忙忙，車輛流動量很高，人口密度也太高，人的現實感比較強，所以更實際？我也暗自思忖，這裡的人會讀書嗎？會讀我的書嗎？人們都在讀什麼書？不讀什麼書？

已經好幾週沒去探望母親了，很奇怪，我寧可坐在咖啡館發呆，而不設法去探望她。

XXI

我決定回台灣探望母親，當晚，我卻夢見父親。

他要與A女士結婚，對方說好要陪他一起走後半輩子，生死與共。父親真的愛她吧，發誓要好好與她度餘生，他們過了三年好日子，然後父親的肺癌轉移並惡化了，A女士遂變了心。

或者也不能怪她。A女士的兒子跪在地上，哀求他母親，期期不可去醫院照顧那垂死之人。A女士因此離開了父親。在我的夢裡，父親要我去說服母親請求A女士回來。

A女士確有其人，今年七十歲，三年前她在老人電腦班認識了父親，隨及，父親檢驗出癌症末期，他去找A出來，告訴她，他一直愛慕著她，他只是癌症初期，如果她願意和他在一起，他將手上所有的錢全數交給她，只要她好好照料他，他會很快好起來。

與此同時，他回家痛罵母親抽菸，就是因為你抽菸我才得肺癌！二手菸比一手菸還可怕！他振振有詞，說得母親不敢回嘴，當時母親的神智清楚，只是，父親罵完後便搬出去了。這事肇使母親在幾週後於樓梯間摔倒住院，她的頭並未傷重，只是醫生做了詳細檢查後，表示腦神經早已長期受損。

母親那麼多年是靠什麼支持她的人生？她如何一次又一次原諒那不忠實的丈夫？那些荒誕離奇的外遇？她是靠抗憂鬱藥和安眠藥。她一定要睡，非睡不可，若睡不著，她會不斷服藥，有時一晚服到七、八顆。這反而使她更睡不著。因此長期大量服藥，傷了腦神經。

那是多大的恐懼？怕自己睡不著嗎？還是已無法忍受父親的背叛？但又無法了斷，只能自我折磨？

母親一直不是那位值得我效法的母親，她那強烈的自毀性格幾乎毀了她，也幾乎毀了我。小時候我一直站在她那邊指責父親，我是她的證人、共犯及替代丈夫。

那麼多年，她習慣抱怨父親的不是，我聽了多年，後來我無法再聽，那已經不是我心裡願不願意了，而是只要那一盤像錄音帶的話開始在我耳邊響起，我立刻頭痛，且非常痛。所以，我制止她再說下去。

最後這幾年，她連說話的對象都沒有了，妄聽症和妄想症都來找她，她開始報警。

有人跑到我家裡。她真的報警。

是誰？人呢？

不知道是誰，好多人，全部都進來了。

人在哪裡？

警員已經上門來問了。他看著母親的公寓，擁擠著沙發和櫃子，沙發有兩套，因捨不得丟而堆在一起，玻璃櫃子裡全擺放父親多年在中國大陸購買的濟公像，大約有一百尊。

人，我哪裡知？

你不是說他們來闖空門？

是啊。

那現在這些人在哪裡？

在電視機裡啊！你看，你看，你看，都躲在裡面了。

警員大約來了三次，便對母親的報警不予理睬，母親開始向大樓管理員、鄰居報警，甚至向路人。

母親目前住在宜蘭羅東，姊姊的朋友是羅東一家精神病療養院的院長，姊姊相信母親在那裡會得到最好的照顧。

我雖然經常在香港機場轉機，但對偌大機場仍不熟悉，在這兩天的旅途中，我老覺得有人在暗處盯著我，丁明勝就在旁邊。我神經兮兮地在人群中搜索這個人，但所幸無人，他不在。

我的頻頻回首，讓我一時升起感慨：究竟是他在跟蹤我，抑或是我在搜索他？

回到台北，從台北車站前的轉運站搭乘噶瑪蘭客運。天空飄著細雨，沿途的風景不知為何使我想起土耳其作家帕慕克的《雪》中的返鄉景，只不過我不是拜訪別人，是拜訪生病的母親。我在想，以後都會是這樣的旅途嗎？都會面對這樣的風景？我能跟母親說什麼？

我好羨慕帕慕克有一個那樣愛他的母親，我好羨慕任何人有一個愛他們的母親。我覺得任何人都該有個好母親，我的母親並非不好，只是不知如何愛我們。

我一直認為，母親是這世上第一個應該愛她孩子的人，倘若她未這麼做，那麼她那個無愛的孩子，終身將很難得到幸福。

母親前一陣子在療養院從樓梯跌下，摔斷了一顆牙，使她多了一股傻氣，但人看起來平靜多了，是服藥所致？還是她的病使她如此？

她仍然想到香港去陪父親。

她還不知道自己是病人，仍然想照顧別人。但是，她曾詛咒父親，希望他早死早好，現在又改變主意？我不置可否，你自己都照顧不了自己了，怎麼照料他？

母親不知道的是父親根本不想見她，他唯一想見的仍然是那位A女士，愛情是多麼瘋狂！

療養院院長柳小姐告訴我，她也是我的書迷。我每一本書她都收藏，所以當她聽到我要來羅東時，便立刻將我所有的作品全載到療養院來，她希望能擁有我的簽名。我當然義不容辭，以原子筆大筆揮灑了好幾筆。

柳小姐欲言又止，「我不希望您因此擔心，但是我怕情況愈來嚴重，必須先向您報告。」

請說。我等待她告訴我天大的事情，我知道，只會與母親有關。

您母親最近常自行逃跑，已有三次，她趁看護人員不注意時，自己偷溜出去，她召喚出租車，上了車後，計程車司機問她：去哪裡？她說不出個所以然來。

您知道她想去哪裡？要去哪裡？

我想了很久。我說，「我不知道，她想回到過去吧。」

回到過去？

是的，回到過去。雖然母親亦沒有美好的過去，相較於不明的未來，她寧可回到過去？

柳小姐問我，是否有時可以短暫地將母親綁在輪椅上？僅僅這樣的問題便問倒了我。我告訴她，我會和姊姊商量。

短暫拜訪了母親，至少減少了一些虧欠感，週日晚間又回到香港機場，在踏上往九龍的機場快線時，我的心臟幾乎停止跳動了，是他，丁明勝又來了！

我的心情像無辜的鹿等著被獵人宰割，站在車廂裡一動也不動，等待著。

丁明勝並未走向我。我們僵持了好久，好久，我終於才發現，那人並不是丁明勝。

我已是草木皆兵了？我輕聲地笑了起來。

XXII

姊來電又說父親不行了。

同樣的電話我接過太多次了，以至於不知如何答話。

我們今天必須一起把他抬去醫院複診，看護工自己也生病了，必須去看醫生。好呀，我去，沒問題。

我們費力將父親從床上搬到輪椅，又從輪椅搬到姊的車子，再搬回輪椅……

父親已瘦成皮包骨了，要搬他，重量已不是問題，而是怕傷到他。我告訴姊姊，下次該叫救護車來。我話才出口，姊姊就忍不住開始教訓我，她一出门就連珠炮般不停地說下去了。

你不要激動。

我沒有激動。我只是受不了你這種自以為是的態度，父親是我們在照顧，住在我們那裡，你一直住在國外，我羡慕你，什麼都不必管，有事才出現，但你出現來幫忙就好，請不要指導我們做什麼，好嗎？你知道這個情況，爸不是這醫院的病人，怎麼叫救護車，有那麼簡單，你去叫啊。

你不要生氣。

我沒有生氣，我只是愈來愈不了解，你已經來了香港，但是你為什麼不把爸接過去住，你也是他女兒啊，你為什麼不分擔這些事？就不要再來指導我了好不好？我活該倒楣，爸媽的事都該我一個人處理？

我幾乎像討好姊姊般陪罪地，坐上她的車，因為父親在後座斜了身子，快倒了下去，我只好下車去坐在他身邊，扶著他。

姊一路沒再說一句話。

應該差不多了，可以準備後事了。

醫生大約三十出頭，但他說話的語氣相當權威，或者，那是他年輕氣盛，不耐煩？

他建議不再做鏢靶治療，因為肺癌細胞已轉移到腦主體，大腦已出現水腫……。再治療也不過是拖延時日而已，作用不大，就讓他過過最後的好日子吧，讓他做一切他想做的吧。

我反駁這位醫生，本來癌症治療不就是為病人拖延時日嗎？為什麼過去可治療，現在就不再這麼做？

醫生抬頭看我，他有點冷的眼光從鏡片中透視出來，射到我的臉上。

你們應該時時刻刻陪伴著他，不要讓他一個人在那裡等……

我知道醫生想說什麼，他擔心父親聽到這個字，起身走了出去，我們跟著他，他在走廊上壓低了聲音。死，他用廣東話說。

等待死亡的降臨，又是如何的情境？我必須陪伴父親等死？二十四小時坐在他身邊？

父親住進他們稱呼善終病房的房間，508號室。病房裡已先住進一名癌症病人，相較之下他的情況比父親好多了，經常要看護工推他到香港各島各地去吃他想吃的食物，那人每天無非就為了此事而活，但似乎還活得津津有味。

父親只能昏睡。

爸，吃飯了。

這頓飯仍然是以切管將液體注入他的鼻。
爸，你現在覺得怎麼樣？
怪怪的。
什麼怪怪的？怎麼啦？
我覺得這個地方怪怪的。
這裡是病房，不是家裡，沒有怪怪的。
不，我覺得怪。
什麼地方怪？
你媽是不是去調查局那裡告我了？
沒有啊，她在台灣。
她會去告我的。
不會，她病得不輕了，腦筋不清楚了。
那是有別人去過吧，我現在要等著被人槍斃了。
爸，你胡思亂想，沒人會槍斃你。
等一下就來槍斃了。

沒人槍斃你，等一下醫生會來救你。

不，你又在撒謊，你這小孩從小沒說實話。

爸，你怎麼又這麼說？

我就這麼說，你喜歡說假話，你從來不說實話，你這小孩很糟。

爸，我……

把我抬回家去，我不要死在這裡，太難看了，對你們也不好看。

你不會死……，你不會被槍斃的。

我不會聽信你這說假話的小孩，你不要再說了，可惡。

明明知道這是臨終病人的臆語，我走出病房，仍忍不住淚如決堤。

我不告而別，離開了醫院。

在返回住宿的地鐵上，我突然渴望有人能拍拍我的肩膀，或者擁抱我，我下了車打電話給Q。

他安慰了我。

這像孩子向父母討零用錢嗎？我回頭又這麼想，Q好像不再活在我心底了。

或者我一直這樣以這種方式對待他，需要他時便會想到他，不需要時就不會。

又或者，他曾經那麼愛我，他的愛曾經像自來水般，永遠取之不盡，所以我一點都不珍惜。

現在，他的愛已經不是自來水了，而是一瓶一瓶裝在罐子裡，必須要訂才有？

我早已經是無可救藥的懷疑論者了。

丁明勝筆記之六

51. 神祕商人將假的魔法物品賣至蠍城內，然後遁逃入火海。
52. 某神器之祕法術可瞬間癱瘓所有法師的施法術。
53. 邪惡貴族懸賞獵殺另一名善良貴族。
54. 探索螟光地下城的冒險隊善戰的魂魄在一週後仍未飄回。
55. 某善良騎士的葬禮遭其生前敵人闖入。
56. 超巨型兜蟲類生物在前世的沙漠中襲擊聚落。
57. 邪惡暴君禁止他人使用巫識魔法。
58. 對魔法免疫的凶暴狼在森林中群聚。
59. 地侏部落以骨燼集體造了一艘飛船。
60. 某座湖中的島嶼其實正是沉默森林的頂端。
61. 世界之樹底下埋著時光大鐘。
62. 天色驟將入夜，某孩童因迷路而走進魔綻滿黑牡丹的墓地。
63. 太古幻城中的鰐龜全部集體自刎。
64. 神祕廢墟的洞窟正冒出奇怪的哀麗綠煙。

65. 鬧鬼的森林在厄夜傳出活剝罪犯的怪聲。
66. 賊群偷走一大筆血鑽石寶藏，躲到「魔鄧肯豪宅」中。
67. 有意進行靈界旅行的術士，心臟爆裂後卻消失無蹤。
68. 聖武士召集幫手進入巨魔巢穴，正要進行必要的小型懺悔儀式。
69. 擁有高等獵獸控制權的大法師準備狂肆開戰。
70. 高階牧師召喚幻想，幻想正是他本人。
71. 新來的貴族想清除某片野地上無性繁殖的怪物。
72. 一個鯊蜥獸破壞大片植滿深緋色陸珊瑚的農地。
73. 巫妖王率領閃電軍團移駐至鬼裂境。
74. 森林中的樹人受到恐鳥噴火的失靈威脅。
75. 牧師將某個英雄復活，卻發現他和他的想像有複製差異。
76. 吟遊詩人在旅店悲傷講述他朋友遭囚禁的故事時牙仍疼痛著。
77. 邪惡貴族設立一個冒險公會，以監督每名剛長翅的冒險者。

78. 半身人商隊打算經過一個充滿掘地避日蛛的區域。
79. 王宮中所有門都突然上了急凍魔法鎖或具有火燄陷阱的鎖。
80. 某個無辜的死刑犯要求食蟻獸救援。
81. 強大法師的墓穴有許多魔法物品，卻莫名所以地沉入蒸騰的烈燄沼澤。
82. 篷車隊在趕路時，不意遭到朝鮮薊火怪的襲擊。
83. 通常只在偏僻雨林中才出現炫彩箭毒蛙，大量現身砂城鬧區街上。
84. 某個嫉妒薰心的情敵想破壞一場騎士婚禮。
85. 逆幻覺的重症病患於火山硫霧中痊癒。
86. 一場大地震掩埋了剛發現的地下城。
87. 一名被中傷的半精靈請求勇士為她決鬥。
88. 暴風雨中心懸繞一座空中城堡。
89. 在市場叫賣金龍軀體的半獸商販令人生疑。
90. 某個粗心的法師將驚異權杖給錯了人。

91. 不死生物幽影在空蕩的圖書館中徘徊幽怨。

92. 城中一座空屋大門，突然變成時空通道。

93. 海盜與怪物歃血締盟，在河上收取高額赦免費。

94. 某件魔法物品已分成三份，敵人手中握有兩份，另一份則遺失。

95. 翼龍成群襲擊羊群與牧羊人。

96. 邪惡牧師祕密集會召喚邪惡神祇。

97. 鰲豚獸的魔城遭到人類、灰矮人和豺狼人圍集。

98. 傳說某修道院遺跡中藏有前所未現的瑰麗寶石。

99. 蜥人族訓練精良的傭兵群待價而沽。

100. 破繭的魔魅蛾邊振翅邊灑落劇毒的鱗粉。

stalker 書迷

XXIII

姊姊有重要的事要和我商量，她約我在中環附近見面。我在行人如蟻的天橋上走動，我又一次迷路。我老是在香港迷路。

我們在她上班大樓附近找不到安靜的咖啡館，後來只好又坐在四季酒店的咖啡座上。

你姊夫要調去武漢上班了。我不會一個人留在香港，因為他這個月就必須去報到。我挺多再留三個月，為了爸爸。爸現在狀況比上週稍微好一點，但我們不知他是否撐得了三個月。撐不了也就罷了，我只能跟你說，三個月後，若他撐過去了，我不可能帶他到武漢去，你是否就扛下來，不然，你看他的情況怎麼到武漢去呢？光這個月起我就要常常去中國找房子，處理事情，我不在時你應該常去看他。

你總是三天打魚兩天晒網。

好，你們去武漢吧，他若撐過三個月，就我來照顧他。

雖然我內心不願意，但為了不想再聽姊姊那沒完沒了的控訴，我立刻做下決定。

姊以明明不相信我的眼光看著我，但她果然沒再多說，她問我，你在香港還要待多久？

我受邀來此一年，現在三個月已過去。我本來以為姊姊會關心我，會問我現在過得如何，在大學裡做什麼？

但她沒有。她自顧不暇，哪有時間再去關心我？我們家的人都是如此，我自己又何嘗關心過她？

我們不約而同地望著落地窗的窗外，那空洞無人的一角，沒有任何動靜。而我們彷彿在等著看空空的舞台上演什麼戲。

但那裡沒有任何動靜。

如果現在能在人群中重新挑選自己的姊妹多好啊？甚至父母？甚至丈夫？

我為自己的無厘頭想法感到愉快起來，但過一會又不寒而慄，我的心是不是死了？

我去洗手間洗手、洗臉。如果可以洗心的話，我也想拿出來洗，把全部的不快樂洗掉。我對鏡子發願，從今天開始，再也不要過這種悲情生活了。

我要遠離悲情，過完全不同的生活，雖然，我還不知道那是什麼生活。

我只知道，能寫便是幸福，不能寫是不幸福。

那是最深的層次。再來，寫完能不能按照你的意思出版，以及暢銷？或者得到佳評獎項？以及得到許多讀者的迴響。

如果都沒有呢？

腦子裡閃過一個念頭：那麼就不如放棄佳評獎項，而直接去寫能暢銷的書吧？

能暢銷的書是什麼書？我會寫嗎？可以按照一套商業公式來寫啊，難道我學不會？

如果這樣，我是否該用筆名發表？一本色情小說？言情小說？連續殺人犯的自白？美食的故事？平凡家庭主婦的豔遇？

我完成了建築。這是嘔心泣血之作。麥諾斯對這座宮殿非常滿意，而帕西菲抱著她的孩子走進去時，臉上都是笑意，趁麥諾斯不在時，她擁抱了我，給我深情一吻。我已目眩魂搖。

只是國王指定我另一個工作，他要我帶領那些年輕的俊男美女進入宮殿，這件事令

我不安。

進來的人腳步都拖曳著懼怕和悔恨。他們屏息前進，路途遙遠，通道愈來愈窄。這是無人的宮殿，房間從未打掃，到處都有骷髏和死魚，角落也有屍骨，有人睡在那裡，再也醒不過來。這是一個沉睡的世界。門上了鎖，除了我，只有皇后帕西菲才曉得那扇門的祕密。

任何人一靠近門，她便開始唱歌。門徐徐展開，迷宮就在裡面，歌聲消失了，門也闔上，米諾多，死亡與生命之謎，在宮殿中心等候。四處都是帕西菲的笑聲。

我發現寫暢銷書並非我真正的願望，我還不知道什麼是我真正的渴望。

但如果一定要我說，在寫過那麼多作品後，我會說，我期待自己的作品能洋溢幽默和愛。最近以來，我開始挑剔自己作品的悲苦，我對我的讀者感到愧疚，我無能帶給他們快樂。

至少，在這本小說，我決定要減輕悲劇的殘酷，因此，我把上面那段文字全數刪去，改成下面這段：

我為誰建造這座宮殿？為那些雅典來的童男稚女。

這裡是他們的伊甸園。他們雖然哭著進來，尖叫吶喊，在空間引起空洞和巨大的回

音，然而，聲音聚集在一起，卻墜入地洞裡的漩渦。

門打開後，陽光普照，四處都是音樂、歌舞、遊戲、娛樂和戰鬥儀式。無數房間可供人居住，除了陽台，亦有冥思的空間，他們幸福快樂，與米諾多一起開墾田地、建設家園。他們定居在那裡，再也不想出來了。

帕西菲也愛上這座宮殿，她每個月都會住上兩週，她掌握這座宮殿的祕密，來去自如，就像掌握我的心。為什麼不？我為誰建造宮殿？也是為了她。

姊姊走後，我一個人還坐在那裡喝咖啡，記下我的小說大綱。手機響了。

喂，Hello，喂。

對方沒有出聲。我掛上電話。

電話又響了。這一次他說話了。

是你。

是我。

我掛上電話。又是他，他出現了。

真是陰魂不散。

我立刻將手機關機。

XXIV

我的屋主住在白加士街的一棟新建房，那裡離地下鐵佐敦站不遠，也是我對香港最熟悉的地方，附近有許多各國餐館，無論越南菜或泰國菜甚至四川抄手都找得到。樓下是一間不起眼的玩具店，還有一家健身美容院，在我童年的記憶中非常時髦繁華，沒有一個地方比這裡更香港了。我走在人群裡，每每想起我兒時來港的彌敦道，那時的香港好像外國。

而現在是一個雜亂嘈雜之地。

但我喜歡這裡，最危險的地方便是最安全的地方。我在人群裡，在店鋪和街道上走動。丁明勝永遠不會知道，不喜歡出門的我，現在卻經常去澳洲牛奶公司排隊吃早餐。

他再也找不到我了。

但我錯了。

當我上了電梯，回到二十五樓，開門轉動門把，便感覺有一個人站在我後面，拿著一把小刀抵著我。

那是巴黎十六區，布隆尼森林旁。拿著刀子的是一位附近的男子，我或許但不確定曾在附近看過他，我住的那一區是豪華住宅區的邊際，再下去便是布隆尼森林，常有一絲不掛只披一件皮草站在森林接客的女人，或者那傢伙從別處來，打算殺到森林裡但又缺錢？

他帶了一把小刀。刀子很鈍，其實。所以我不怎麼怕，而且我住的大樓是玻璃大門，門外還有人走動。不過，時間一秒一秒地過去了，為什麼沒有人注意到這個人正在侵犯我？那些人都是行屍走肉？

他持刀威脅我，要我脫掉外套，我頸上帶著一串珍珠項鍊，因為反抗而斷了，珠子一顆一顆掉在大理石地板上，清脆響亮，是一種孤單，但又十分堅固的聲音。

他只是持一把鈍刀而且緊張的男子。

但在那之後，我已無法安心夜歸，我總是避免，真不能避免時，我便跑步回家，上

XXIV

樓，東張西望，彷彿那持刀男人多年還會這樣跟我。

多少年了，回到家門前取出鑰匙開門時，還會猛然回頭，這已經是我的習慣了。一個不該有的壞習慣。

丁明勝並不是那名男子。

他只是在我回頭時站在走廊上看著我。我驚叫起來。這次我無法再原諒這個人，他超越太多，超越了那個我覺得可以忍受的界線。

在這以前，我從來不知道人和人會有這樣的關係，我一直以為人和人的關係就像天氣一樣，挺多陰晴不定，但丁一直在探測我，他不請自來地走入我的生活，似乎用盡方法在考驗我的內在感受。

讓我進去。他說，他看著我的眼睛，應該看得出來我很憤怨。

我不打算說話，於是我站在門外那樣看著他。時間不知過了多久。

他靠著牆壁逐漸滑坐在地上。

回去吧，我們實在沒必要這樣對望。

對不起，我很自私，我是真的需要你，沒有你，我真的沒有可以說話的人。

你覺得，和一個人說話就真的這麼重要？有時候自己一個人安靜一下不是更好？

目前我無法一個人安靜，腦子裡太多的記憶，我好像病了，心理病，我愈來愈快樂，但也愈來愈惶恐，不知怎麼搞的，我就是很想看到你。

你趕快回台灣吧，在這裡連家都沒有不是嗎？

在台北也沒有家。我和你一樣都沒有家。

你不要扯我，你是你，我是我。

好的，你是你，我是我。

本來就是，你該把這六個字裱起來。

我已經裱起來了。

裱在哪裡？

在心裡。

你說話像放屁。

為什麼突然講粗話？

因為你不聽文明話，你只想聽粗話。

你言重了。

你像寄生蟲一樣只能黏著我，你只能黏著我，不然你活不下去，你有種，就馬上離開這裡，滾回去。

他突然一聲不響地站了起來，把頭往牆壁用力撞去，我被他的重擊嚇了一跳，碰地轟然一聲，我擔心他的頭蓋骨會不會碎了？

你沒事吧？我向前小心問他。

他抱著頭，蹲了下來。

我立刻向前，撥開他的手，他的額頭已經流下一行血。

你瘋了？你瘋了？你這是……，我真的慌了，剛才他撞牆的聲音太猛了，我不明白他為什麼這麼激烈。你怎麼了？你還好吧？

他平靜地看我一眼，沒說話，但那行血令我怵目驚心，我連忙想掏出衛生紙為他抹去，但我身上並沒有任何可以抹擦的紙巾。

進來吧，我主動開了門，並邀請他。

他安安靜靜像個守法的軍人坐在沙發上，我給他找了紙巾、酒精，為他抹去血漬，並倒水給他喝。

要不要到醫院照一張X光片子？我擔心剛才那一撞可能會有腦震盪，但他搖搖頭。

走吧，我陪你去，我拾起皮包，要走。他仍然搖搖頭，動也不動。

我心裡突然閃過一個念頭，我不應該再對他惡言粗語了，或者該聽一聽他說什麼？

你有話要跟我說？

現在沒有。

本來呢？本來想跟我說什麼？

忘了。

所以本來確實有想要跟我說什麼，才大老遠跑來這裡，現在腦筋撞壞了，沒有話說了。對了，你是怎麼進來？又是誰告訴你我住在這裡？

任何人想要知道你到底住哪裡，只要真的想知道，一定查得出來。

你跟誰查的？

不要再問了。他神色一直很黯然，會不會真的腦震盪了？要不要吃點東西？

不要。

要不要躺一會，再回去？我話一說，便收不回來，但我本來也就只是為他好，沒有別的意思。

他脫了鞋子，躺在沙發上。

我坐在另一邊，像看著他睡，彷彿他真的是病人，我去取了毛毯給他蓋上。

XXIV

然後我回到房間裡上網。中間偶爾閃到客廳看他一眼，他一直在熟睡。

到了半夜，只好放棄讓他回家的念頭，決定讓他睡在客廳，自己進了浴室梳洗。

準備上床時，他倒醒了，走到房間裡來問我：我可以睡在你旁邊嗎？

我說，不可以。

他看起來似乎沒有不高興，反而興致沖沖地告訴我，我有話想對你說。

你說啊。

不行，我想躺在你旁邊跟你說。

我不知道該如何反應，他的話聽起來既噁心，又有一種調皮，且還有一種挑逗。

你又來了。

就當成最後一次好嗎？行若水，行老師!?

最後一次？

反正我也活不久了，也許離開這裡，明天我就不在了。

你在威脅我。你一直用你的死來威脅我。

沒有。

我不想，真的很抱歉，我沒法接受你的訂單……

他激動地站起來，我本能便去拉住他，我不知他會不會又跟剛才一樣去撞牆⋯⋯

他順勢拉著我，並抱住我。

我掙扎了一下，生氣地捶打他，他就讓我這樣發瘋似地捶他，面帶微笑，我氣極了，打得自己手都痛了，他卻沒反應。

你是不是機器人啊你，我怒吼。

我不是。

現在換成我聲嘶力竭地坐下來，但奇怪地，或許是我過於用力，似乎體力已發洩完般，突然安靜下來。

他也蹲下來，在我的腳背上劃圈，那光滑的觸感，那圓柔感官的劃撥，卻使我的身體像觸電般。

我啞口地瞪著自己的腳。

他低頭吻起我的腳，我讓他這麼做了，他吮我的腳趾頭。

當他進入我時，我對他說，最後一次，就像你剛才的要求，最後一次，否則我不願意。

最後一次，我答應你。

正如上次一樣，他的身體明白我的身體有什麼隱密的渴望，那些渴望或許我自己也不真的明白，更不能對他人言說，但他的身體就那麼自然地與我的身體對話，傾聽，對談，那麼契合，幾乎讓我驚奇，為什麼？

我沒問。也不必問。這是最後一次，或許是因為如此，才會珍惜？而之前，所有的關係反正都理所當然，所以不珍惜？

我突然想回家，想回到Q身邊。

他很快地又沉沉入睡了。我看他臉色慘白，仍在擔心他會不會腦震盪，我看著他睡著的樣子，感受很複雜，我討厭他，但又好像不那麼討厭他。

大部分的時候，討厭的感覺居多，因為他內在的黑暗。但如果只是純粹的性伴侶，或許他不是個討厭的人。但純粹的性伴侶關係，我要這樣的關係嗎？他要這樣的關係？

我以為他是因為我的書而喜歡我？我現在也以為我因為他的身體而不討厭他？

但誰希罕性關係？我不會因為性關係而容忍自己和他在一起。不，不會，他這次真的得走，沒有下一次了。

他的身體縮成一隻蝦；煮熟的蝦，即便在睡夢中，他似乎仍活在恐懼中，一直說，不要，不要。

我整夜無眠，被這傢伙弄得煩透了，我的人生是怎麼回事？我是怎麼了？

他要走前，我和氣地告訴他，說好的，真的不要再鬧了，就這樣，不要再來找我，真的不要，拜託。

他答應了我，以明智的眼光，彷彿他昨夜已做好決定，他的人生必須從頭開始。行若水，我走了。他露出笑意，牙齒頗潔白，看起來不像昨夜撞牆的那個人。真的嗎？真的。不會再回來了。不會再回來了。

我看他走出公寓，我趴在窗前，從二十五樓樓上，看他離開大廈往山下走。很好，很好。不要再回來了。

他的人影愈來愈小，不見了。

我鬆了好大一口氣。

在巴黎被人持刀威脅，那次是個鬧劇，我還來不及做任何反應時，那人便洩精了。然後，便丟下刀，穿好褲子逃走了。

那時我也是感受複雜，既是幸運，又覺得噁心難過，開始責備自己不該穿迷你裙。此時此刻的現在，我也怪自己。怪自己什麼？不該寫那些文字挑逗他？但我完全無意挑逗任何人，為什麼我總是怪自己？

法國作家胡勒耶貝克（Michel Houellebecq）說得對，性就像錢，有的人永遠得不到，有的人要多少就有多少。

不管是錢或者性，我好像都沒有企圖心，我不在乎嗎？我自己也不清楚了。

我一直不在乎性生活，與Q有關嗎？還是我已習慣無性的生活？但丁讓我知道我可以有性生活，而且我不是性冷感。

我反覆思索，只有一個結論，我得快點回家，回到Q身邊。

然而，父親呢？母親呢？

雅典來的提瑟斯（Theseus）是正義的勇士，不，他根本是個英雄人物，我對他的印象非常好。

我看得出來，他獻身的目的是為了拯救那些青年和少女，他只想殺死米諾多。

提瑟斯偽裝成被上貢的青年之一，他列於隊伍之內，走過阿利安（Ariadne）公主的身邊，阿利安一眼便愛上這位不怕死的人，她再也不想留在皇宮了，她對自己的父母很厭煩，便在無人的場合試探提瑟斯：如果我幫你完成這個任務，你是否可以帶我去雅典？提瑟斯從來沒遇見一個主動向他求婚的少女，他答應了。

阿利安便喜孜孜地直接來找我，她知道只有我可以讓提瑟斯完成任務。

XXV

門鈴響了。

又是他。

他說他忘了拿夾克。

我衝到臥室，果然他的夾克躺在地上。

你一定是故意的。

不是。

我們站在樓梯間說話。

我問了他一些問題。

你到底是怎麼樣的一個人？

我也不知道，一個普通人，你的一個讀者，一個普通的讀者。

老是被你拷問，現在我問你：你是否愛過？

他笑了。因為那是我的一本書名，現在變成我們的術語。

有，我愛過我母親，我妹妹。

她們在哪裡？

她們一個死了，一個失蹤了。我媽前幾年死了，我妹妹不知下落。

不知下落？

一言難盡，因為我家和別人的家不一樣，我們從小必須躲債主，一天到晚都在搬家。我妹妹是個天才，讀書總是第一名，她高中認識一個年紀比她大很多的男人，可能是戀父情結吧，她和那個男人在一起，後來去了泰國，有一陣子沒聯絡上，便不知她的下落了。

母親呢？

對我母親，我是愛恨交加，小時候好愛她，在我印象中，她是全村最美和最優雅的女人。她比別人的媽媽漂亮太多了，她也是全村唯一會在家裡插花和做首飾的人。

父親過世後，母親很快便再嫁了，嫁後才知道對方是一名賭徒，早就欠下許多債務，他不但不回家，也常常半夜回家來向母親要錢，母親當然沒錢，繼父逼她去賺錢，她只好去餐廳，後來去酒吧打工。為了繼父，她整個人完全變了。

我一輩子從來沒想過要殺任何人，唯一一次是我繼父。我曾經真的想殺他。

我沉默了好一陣子，他終於也停下來，像個等待處罰的小孩看著我。

你到底為什麼去了少年感化院？是因為揍了你老師的先生？還是因為你殺了繼父？我的聲音不由自主地提高。

他的聲音反而壓得很低。我沒殺他！他活得比誰都好！我只是想救救我媽，我繼父為了錢，曾經打算逼迫我母親去當陪妓。

所以你真的在少年感化院待過？或者這也是你編出來的？

他的臉皮很嫩，額頭上的頭髮幾乎蓋住右眼。他垂目如菩薩，久久沒動靜。

我的人生故事也是一本長篇小說，只是我沒時間寫下來，我講的都是真實故事，只是也許前後順序不連貫……。我以為你是作家，怎麼只對我的編年史有興趣。

去你的編年史！

是，謝謝大作家。

去你的謝謝大作家！

我，正如生命中的每一次，當我遇到生活重大問題無法消化內在猛烈的情緒時，我便移動身體繞起圓圈，現在我在樓梯間的大理石地板上快速走動。

我已經繞過他不知多少次了。

告訴我，為什麼我不能和你在一起？他突然擋住我，拉住我的手臂。

我以雙手搓揉著臉，然後望著樓梯間天花板上的黃燈，又將眼光移至電梯上的一排顯示燈，有人按了，電梯一直接近我們的樓層，17，18，19，20，電梯在21樓停了下來。

我們倆專心地望著電梯顯示，然而，電梯似乎死了，再也不動了。

好，我告訴你，為什麼我們不能在一起。因為，我從來沒想過和你在一起，我不知道你為何會有這個想法？我為什麼要和你在一起？和你這種人！

為什麼不？

為什麼不？因為我沒有喜歡你到要和你在一起。

就這樣？

就這樣。

XXV

是不是因為你已經結婚了？

不是，應該也是，這是原因之一，但不是最根本原因。

最根本原因便是你不愛我。

對，很對，太對了。

電梯突然在我們這層樓打開了門。

電梯裡空空如也，並沒有人。

他突然走了進去，一身黑色衣服，揹個黑背包，就站在電梯裡看著我。

我什麼話都沒說，只希望電梯門趕緊闔上。

他按了樓層鈕，門終於關上了。

我呼了一大口氣，心裡卻有一種奇怪的感受，彷彿他是那殺人放火的親戚，我既深怕他去外面闖什麼大禍，又怕他在我面前鬧出什麼不幸，甚至，我也怕他本人發生什麼意外。

他本人？

電梯門又開了，他仍然在裡面，仍然沒有表情。我覺得他的頭髮真的太長了。

我愛你。他說。

我沒答話。

電梯門又關了。這次電梯終於一層一層地降下，我回到屋內，立刻走到窗前，我想看他是否真的已經離開這裡，那路上一直沒有人出現。我等了許久。

所以他還沒走？

帶著疑問回到書桌前，我想回到我的小說世界裡，但是卻十分困難。

我不知道我的小說人物該說什麼，該做什麼？**麥諾斯國王得知我愛上他的妻子，決意處罰我，他將我囚禁在我自己一手建蓋的建築之內。我必須問，建築這座迷宮是我的命運？抑或我的性格使我被迫去建造這座迷宮？性格即命運？我不但再也不喜歡這座建築，也無法忍受每年有那麼多年輕人必須在這座建築裡被犧牲，我該怎麼辦？**

愛子如命的帕西菲要人捎來訊息：你可以建造迷宮，卻拆不了迷宮；這世上沒有迷宮，你自己便是迷宮！

多少次，我化身為自己小說的人物，我去了他們的故事現場，我進入他們該有的人生，堅持著他們該有的性格，追求他們該追求的理想。

他們從未清楚知道自己該說什麼？該做什麼？該去哪裡？

未必。有時我寫著寫著，迷了路，遺落了線索，小說故事龐雜起來，我完全沒辦法掌控，只能任由小說人物自行發展，直到他們也不知道自己該做什麼時，故事就停在那裡。

停在那裡，像在迷宮裡走不出來。**我曾經也在腰際繫著紅線，戒慎恐懼地遊走於迷宮，我徘徊於長廊，在交錯的樓梯間，我聽見米諾多在中心處和自己說話，聲音忽遠忽近，我的步伐零亂，深怕紅線過短，而無法尋至出口，我確實差一點走不出來。**

有一天，我必須捨棄，必須將一些多寫的章節刪去，小說人物斷手斷腳後，過一陣子都還能繼續活下去。

但也有苟且殘喘的時候。

也許現在就是那苟延殘喘的時候了。我需要的正是戴達羅斯給阿利安的紅線。

那個晚上，丁明勝沒有再出現。

丁明勝的筆記之七（連連看）

聽見戰鬥中的叫喊
在泥地上追蹤十個山丘巨人
攀爬有棘結的梯子
聆聽門後的交談
在垃圾箱裡尋找一張地圖
逃避狼群的圍堵
探聽小鎮的流言
穩定某個瀕死朋友的傷勢

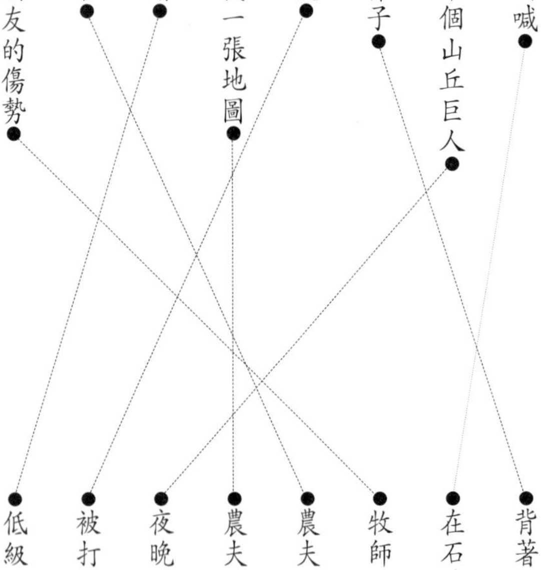

背著一百磅的半獸人
在石牆另一邊的普通人
牧師
農夫
農夫
夜晚被驚嚇的村民
被打擾的賢者
低級戰士

XXV

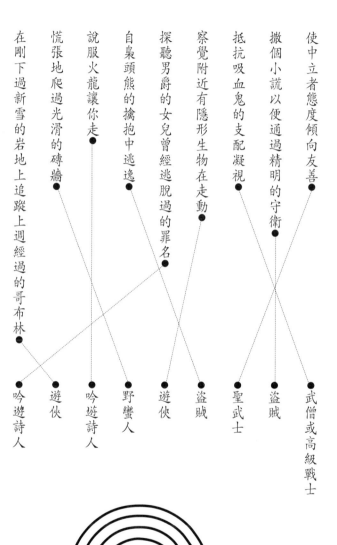

使中立者態度傾向友善

撒個小謊以便通過精明的守衛

抵抗吸血鬼的支配凝視

察覺附近有隱形生物在走動

探聽男爵的女兒曾經逃脫過的罪名

自梟頭熊的擒抱中逃逸

說服火龍讓你走

慌張地爬過光滑的磚牆

在剛下過新雪的岩地上追蹤上週經過的哥布林

武僧或高級戰士

盜賊

聖武士

盜賊

遊俠

野蠻人

吟遊詩人

遊俠

吟遊詩人

XXVI

小時候，常聽大人說，被愛是幸福的，愛人比較沒那麼幸福，尤其是單戀。結婚時，我阿姨也問我，是你愛你丈夫多呢？還是他愛你多？我想都不想就回答：當然他愛我比我愛他多！

那就好，阿姨那時告誡我，她的意思無非，女孩要吝惜自己的愛，不要隨便把愛給別人，那會是不幸的開端。

我不是那種幸福學院的學生，我也不是阿姨的徒弟，我只是不會愛人，這才是屬於我自己的悲劇。

我確實明白這件事，也是最近的事，與丁無關，是我近年的思緒使我逐漸清楚，愛人才是幸福的，能夠愛人的人才是快樂的人。

那些在等著被愛的人都是傻瓜。

但我永遠不會明白像丁這樣的人，他所指的愛是什麼？他是愛我的名嗎？我有名嗎？還是愛我的文字？我的文字真的有那麼大的魅力？或者他真的愛我？我是誰？為什麼他會愛我？

想起他從浴室走出來的樣子，他總是那副等著受處罰的樣子，難道他將我當成他的老師？人生導師？Guru？

在地下鐵沿途胡思亂想，不小心錯過了地鐵站。

一到姊姊家，才進門，看到姊姊在餐桌前整理東西，她連招呼都沒打，便氣呼呼地提起包包走了。

留下錯愕的我和Irene。

父親的胃口好一些了，臉色也不再那麼漆黑，他說他想吃小籠包。

小籠包？在香港？哪裡可以買小籠包啊？我打電話問了幾個人，沒有人知道。終於從google找到了鼎泰豐的香港分店，在尖沙咀的新港中心，急忙叫了出租車過去，點了兩籠小籠包就坐車回來。

但父親只是想吃小籠包，他根本無法吃，我餵他時，他先是說太燙，又是吃小一口，便吐出來。

我感覺自己的火氣又快升起，但又轉念，父親如果這麼想吃小籠包又無法進食，那是什麼人生啊？

眼淚因此反而流了出來。

這使我奔波在香港與九龍三個小時才買來的小籠包，他總共只吃了兩口。

我，很想哭，但卻把一整籠的包子都吃了下去。

父親整個下午都處於昏睡狀態，因吃得少，又貧血，他毫無血色，看起來和木乃伊差不多。

曾經讀過歷史雜記，乾隆皇帝孝母心切，曾在母親病危時，向菩薩祈願為了讓母親多活幾年，他情願折壽，以自己的生命交換。我願意如此向菩薩祈願嗎？

我願意嗎？

XXVII

兩天未出門，兩天全然的平靜。我叫了外食，三餐都在電視機前吃，這個家的電視可以接受幾百家衛星電視節目，我坐在沙發上從一台轉至另一台。

Q打電話來，我告訴他丁的事，但是非常輕描淡寫，Q預感地察覺了什麼，他要我小心，掛上電話前，他說，為什麼不早點回家？

你知道我父親餘日無多。

嗯，我知道，好吧，那你自己想辦法保重。

我掛上電話。第一次感覺Q的聲音真的很孤單，多久了，我們兩人都成為孤單的人了？

電鈴響時，我以為是披薩外送的人到了。結果不是。

是他，還會是誰!?我從對講機螢幕便看到他，他按了十幾次，我都不應，但最後，我說，快走吧，魔鬼，我再也不會開門。

他在螢幕前亮出一張紙。

你留在樓下管理員那裡。

他不死心，又從背包裡拿出一隻玩具熊。

我確實想不到，他為何會擁有這隻黃色的玩具熊？太令我驚訝了。

這熊是我初戀情人D送我的，熊的背面還繡著我的名字縮寫！

你怎麼會有？

他沒說話。

那你可不可以留在管理員那裡？

不行，我必須親自交給你。

我不想見你。

我知道。我只是交給你，我馬上走。

那有什麼不同？你煩不煩？留在樓下，跟親自交給我就走有什麼不同？

有不同。

我再也受不了你這個人了，你愛留不留，算了，我無所謂。

於是他放棄對話，我聽管理員說，他人也不見了，走了。

阿利安在我兒的引領下來到我面前，她以生命發誓要我提示迷宮之道，她和她母親一樣，對自己的慾望很忠實，並且果決勇敢。

我給了她那團我用過的紅線，我告訴她，提瑟斯在殺掉米諾多後，凡走過必留下紅線，則可以脫險。

提瑟斯成功地完成使命，並攜帶阿利安前往雅典。但途中遇到暴風雨，兩人因此失散，提瑟斯在海上漂流了多日，再也找不到阿利安。

麥諾斯不但失去兒子也失去女兒，他憤恨交加，為此將我與伊卡孚斯再度囚禁。

我白天偶爾出去上一堂課，大部分的時間我都在寫作，我不運動也不交際，活得像監禁之犯人一樣。

XXVII

這一天我又向附近一家餐廳訂外食。我飢腸轆轆地等著，終於門鈴響了，我照例朝對講機螢幕看了一下，仍然是那位戴鴨舌帽的印度男孩，我答應管理員讓他上來。

再度開門時，外送員仍然戴鴨舌帽，只不過不是那個印度男孩而是丁明勝，「Miss

Xie，您的外食！」我連忙將門關上，但晚了一步，他已將半身鑽進門內，我無法關上門，但我使盡力氣，不願意讓他再得逞。我在那一剎那覺得自己必須反抗這個人如此侵入我的生活，我簡直無助至極，不能讓他為所欲為。我真的必須反抗！

我發瘋似地吼叫起來，無論如何都關不上門，只好放棄。

我們的故事沒完沒了，沒完沒了，我歇斯底里地說，但這一次我沒繞圈子，我就僵直身體坐在沙發上。

那送飯的印度人呢？我大聲問。

我給他錢，打發他走了。他還站在門前。

他為什麼就聽你的？

我不知道，因為我給了他一些錢。

你要幹嘛？今天，現在，我看了錶，現在下午兩點十六分，你支使了送飯的人走了，你冒充他上門來，你到底要幹嘛？

我想看你，他摘下鴨舌帽，搔搔頭皮。

你這麼大費周章，就為了看我一眼？

我想和你在一起。

你想，我不想，我一點都不想。
就算你不想，但我仍然想。
算了吧，不覺得你這樣的想法，很自私又很自大嗎？你根本不管別人的生活，只管你自己，你大爺想怎麼樣，就怎麼樣，別人就得配合你！
不是像你說得這樣。
那是怎樣。
反正不是像你說得那樣。
那是怎樣，你說呀！
我說不上來。
你根本不知道怎麼愛人……，我也不知道。我們都不知道怎麼愛人，我不知道你在做什麼？幹嘛這麼費事？
我可以學，愛人，如果你要的話。
不必了。至少，你不必和我學！我也不可能教你。
行若水，你的食物涼了，對不起，請你先吃吧。
我怎麼可能吃得下……，現在呢？

對不起。

對不起？你只會說對不起？

我也會說別的，只是你不給我機會說出來。

好，現在給你機會，你說吧。

我想，你應該是我的最後一線生機，你說你不能愛人，我也不能，我以為我們可以重新開始，就算做朋友也好，我不要求你什麼，只要求你讓我看到你，和你說說話，唯有如此而已。

唯有如此而已，我也辦不到。

是，你辦不到。或者你不願意，我知道，既然如此，反正我也不想活了，這個社會虛偽、人心陰惡，我時時心驚膽跳、處處發抖，真是如履薄冰，活得好辛苦，你不如殺了我吧，我反正也不想活了，活著是一件責任重大的事，我甚至無法為自己的生命負責。

我被他這一席話又嚇了一跳。因為他說時的平靜，眼睛裡有嚮往，彷彿嚮往死亡的美好。

你真的想死？

XXVII

他點點頭。

你知道死亡以後會怎樣？

不知，但我無法忍受生活是如此虛假，大部分的人卻對此毫無所知，還逼迫大家一起進入那虛偽的圈套裡，彷彿麻痺一些，就可以把日子混過去。

但你的人生才剛開始，你根本還未嘗試，就要退出，不覺你自己是個懦夫？

在真理之前，我絕非懦夫。只是在世俗生活裡，我已變成懦夫，我承認。

我已經忘記他是一名闖入者，是個侵犯別人生活隱私的人，此時此刻，我卻變成一個傾聽他的觀眾。

你需要什麼才能活下去？

你。我需要一個像你這樣的人鼓勵我活下去。

但你現在把自己的生命責任交給我，這太不負責任了！

我知道。這些都是藉口，但我既然找不到活下去的理由，只好找一個藉口。

我成為你活下去的藉口？

也許。至少是美麗的藉口，但是我也可以接受，如果你把我殺了。

我把你殺了？我幹嘛殺你？

我是說你若要殺我，我會接受。

我沉重起來，覺得自己有千斤重，而他的靈魂更重，我被這些話壓得喘不過氣。你坐一下吧，我去倒杯酒，要不要喝什麼？

不要。他反坐在一張背靠椅上，表情看起來輕鬆多了。

那好，我去倒一杯。

我取了一瓶紅酒，兩個杯子。我倒了一杯給他，一杯給自己。

吃過了嗎？中餐？

沒有。

那我們一起用吧。

我們便分食那份外食，也許是酒精作用，他的心情變好了，我也受到感染，兩人竟然可以說笑了。

他真是個奇怪的大孩子。

丁明勝先生，我現在要告訴你一些你不知道的事。我故作正經，希望能緩和空間裡的憂鬱之氣。

說吧，我聽。

你說你是我的書迷，你讀過所有我寫的書，你愛上了那書中的文字，然後你認識了我，你以為你愛上我……。但，愛情不是這樣，你只是愛上那幻象，你愛上那文字帶給你的幻覺，那與我並無關……，我與你幻想的人並不一樣。

你怎麼知道我如何幻想你？他笑著問。

我是不知，但我知你並不了解我，你以為你了解，但你並不。

行老師，您說得對，我不了解你，但，我愛你。

不了解一個人怎麼去愛？

不了解一個人為什麼不能愛？

好，我放棄了。你不了解我，但你愛我，我不想和你爭辯了，我只能說，就算你愛我吧，但我不愛你。

就算你不愛我吧，你也不能阻止我愛你，我愛你是我的自由。

你的自由妨礙了我的自由，我有不想被人愛的自由！我突然又大聲了起來。

所以？

所以！

我們像兩隻努張箭拔、對峙的動物，彼此怒目相視，不肯讓步。

但他讓步了，他垂下眼瞼。

我有潔癖，我不太喜歡與男人同處一室，對於你，我更難了，我現在甚至連和你在一起久了都起反感。

我雖然曾經和你有所親近，但不要問我為什麼，那不是愛情，真正的愛情不是這樣的，就我的感受和理解，不是這樣子。不，一點都不，真的。但我把你當成一個書迷，一個朋友，我們應該保持一個適當的距離。

適當的距離？

對，適當的，而非緊迫盯人。

如果我做不到呢。

那麼，丁明勝，那我必須報警，我會報警，現在你聽到了，以後別怪我。

你會報警，因為我愛你？

不是，不是因為你愛我，你可以愛我，但你不能跟蹤我，我報警，如果你繼續跟蹤我。而且，老天，那不是愛，你不要再說你愛我了。好嗎？

那現在呢？

現在是零點。從現在開始，待會你就離開這裡，如果你不離開我就報警。

XXVII

我不離開。

我就報警。

報呀！

我會報。你可以立刻走，你走我就不報了。

我告訴你我不會走。

你會走。

我不會。

那對不起了，我拿出包包裡的手機，找尋手機裡儲存的一個報警電話。

我才要按下號碼時，他說話了。

如果你按下來，我也會按下來。

他早已快速地不知從何取出一把刀子，將之按在自己的喉嚨上。

我放下手機。

我已不知這究竟是恐嚇威脅，或者惡劣的遊戲，或者都是。但我已被這個人弄得筋疲力竭！

我沒力氣再陪你玩了。我衝進浴室，放下他一個人在客廳。天塌下來，我也不管了。

我一個人待在浴室不知多久，我哭了出聲，怕他聽見，我打開水龍頭，哭了一會，我又想，會不會他真的自殺了？想開門查看，但轉念又想，他若真的自殺了，也不關我的事！

我終於走出浴室。

他仍然反坐在一張椅子上，手上仍把玩那把刀子。

可不可以把刀子收起來。

他放下刀子。

是不是就放在這個點上，我們達成協議，你饒了我，我也不會報警，你就此離開？

我只有一個最後要求。

你說吧，如果我做得到我就做。

我想和你再做一次愛。

我做不到。

你只是不願意而已。

我是不願意。

XXVII

最後一次。

我不願意。

他取出刀子，貼在自己的手腕上。

你不能用這種方式恐嚇別人和你發生性關係。

我可以，因為我愛你。

你把愛當成什麼聖旨？什麼藉口？你的愛就這麼重要？這麼值錢，別人就必須屈從？你是暴君嗎？

我說話時只注意自己的用詞，沒注意到他已將刀子按在手腕上，血這時已快速地汩汩流出，啊，我尖叫起來，連忙衝進浴室找衛生紙。

所幸，傷口不深，血暫時止住。他臉色蒼白，但毫無悔意，看起來，他一點都不想離開這個房間。

不但如此，他還再次進入我的身體。

XXVIII

這是什麼樣的經驗？糟透了。我總覺被丁明勝強暴似的，確實，如果不是出於自願，那不就形同強暴？這麼說，在過去的人生中，有多少次性經驗是出於自願？而又有多少次出於非自願？

感覺糟透了。一個人以死威脅，以至於性關係。既無情調，又令人受罪，我不但厭惡他，也非常不喜歡自己，至少，非常不喜歡自己處於這種被動的性關係。

火車轟隆轟隆地駛過，有人在柏油路上以鑽鑿機鑽鑿，突突突突突……

我毫無感覺？或者，我感覺過於混亂，已無從知悉自己的感覺，只能任他擺布。他先是氣餒地躺在我身邊，過一會兒，我以為他放棄了，將起身離去，但他不死心，又重來一次。

我沒有反抗。我不知道到底還能做什麼？似乎我愈反抗他，他靠得就更近，像迴力球一樣，他總是彈回我這裡。

我麻木不仁，毫無動靜，但他仍然繼續移動他的身體，他停了下來，又仔仔細細從頭至腳將我吻一遍。我毫無反應。

當他再度進入我時，我因厭惡而推開他，但他反而更用力，而且以凶惡的語氣說：這樣操你，你才爽嗎？我生氣了，胡亂地以手捽打他，並大喊，你夠了沒，我恨死你這個人！

是嗎？他一點都沒停下來，反而更瘋狂了。我大叫大鬧一陣，自己也覺得徒然，我安靜下來，我的身體已從最初的無感慢慢轉變成有感了。

我知道自己有感覺後，有點驚訝，明明我一點都不想與這個人發生關係，這麼可惡的關係！怎麼也會產生感覺呢？我迷惘起來。

然後，興奮感便開始了，我完全沒辦法，只能讓它發生，不管我要或不要，我都無法阻擋了……，天地在我面前旋轉起來，眼皮上的光影被狂喜之流迅速淹沒。

這竟然是如此推翻從前經驗的性高潮！就在此時，他的高潮也捲至。

XXVIII

被人強暴也能性高潮嗎？我開始覺得羞辱，一點都不想讓他知道剛才發生什麼。

我什麼都沒說，只問：現在可以走了嗎？這樣夠了沒？

他看起來很平靜地穿上衣褲，離開房間，關上大門。

我來不及思索這一切，但已下定決心，這次非報警不可了。

我走回客廳，拿著手機，卻一時不知該如何報警，該說什麼？

在西班牙那一次，是巴塞隆納北部的一個小鎮，我在那裡丟了錢包，我決定搭便車，那也是我生平第一次和最後一次搭便車。我必須回到巴塞隆納朋友那裡。

一輛新車在我面前停了下來。

一名帥氣的中年男子，他說他從巴西來，祖先是葡萄牙人，現在住在西班牙，從事商業。他問我為什麼來西班牙？我稍微介紹了自己，戲劇學生，在西班牙布風劇團演出，剛才丟了錢包，要回巴塞隆納，明晚有飛機要回巴黎。

我們以法語交談，他的法語非常流利，談吐也讓我放心，看起來像彬彬有禮的紳士。他問我，他想喝一杯咖啡再上路，可以嗎？我笑了，當然可以，我只是搭你的便車，你要喝幾杯咖啡都可以！是嘛，那好，他停了車，我們走進一家咖啡館，他點了咖啡，我點了茶，我們站在櫃檯前就那樣喝了一杯。

然後他又喝一杯，我們才上路。但不久，他開上山路，我亦不覺有異，只問他：快到了嗎？巴塞隆納？他沒答話。

這時我才覺得奇怪，他已經把車子停下來，我們已到了無人的山上，四周都是樹林。

為什麼來這裡？我問。

他把車門全自動鎖上，並將我的靠背弄平。我企圖打開車門，當然打不開，我已知道他要做什麼。我說，我不想，讓我走。他說，現在由不得你了，你走不了。

在這個時刻，我放下尊嚴，因為我看出抵擋的無效。所以我任憑他去了。

上次在巴黎，那個人沒有得逞，但這個人，這個我以為是紳士的人，卻成功地強暴了我。

他將車開下山，並要我下車，那時是黃昏，在巴塞隆納郊野的小城，這位看起來像紳士的人是如此冷漠、殘忍。

我站在昏暗的郊野山路，不知道往哪一個方向走，我試圖辨別光線，但四周愈來愈暗了。

我隨便選了一個方向，往前走。

遠方慢慢傳來一陣怪聲，那機械聲持續著，我看了好久，才知道是農夫的拖曳車，那個人似乎要趕路回家。我跑到他的車前揮手，他停車跳下來，我對他解釋了我的情況，用英語和法語，夾雜著西班牙語。他完全聽不懂。

他讓我坐在他身邊，拖曳卡車其實只有一個人的座位，我擠在他身邊時，突然又想到，我這麼相信他，是因為他是農夫嗎？萬一他也不是君子呢？但一切太遲，他因聽不懂我到底在說什麼，已經把我帶到小鎮的警察局了。

小鎮警察局有三名警員，有一位年輕警員會法語，我向他解釋情況：我丟了錢包，要回巴塞隆納朋友家，搭便車時被一個人強暴。

那位警員同情地傾聽，當我說強暴這個字時，他笑了，之後說，沒問題，不要擔心，他為我打電話給我的朋友，又為我安排一間警員宿舍房間，我可以在那裡睡一晚，明早朋友便會來接我，他全打理好，並向我道晚安。

我躺在那個房間，門鎖鎖上了，一切都安排好了，他說，我只要一覺醒來，明天便是全新的開始了。

不知何時，在睡夢中被吵醒，有一個人躺在我身邊，正在對我上下其手。

我大聲問：是誰？那人小聲以法語回答：是我，噓，隔壁有人。

那時的我真正地崩潰了，之前的強暴已完全不重要了，而現在這些太令人難受，怎麼會呢？連報警也要被警察污辱？先前若只是一條裂縫，那裂縫又被這名警員完全撕開了。

我大聲叫喊。那位講法語的警員立刻穿上制服，走了。

一夜沒睡，第二天一早便和我的朋友一起離開，離去前我特別看了那年輕警員一眼，他不但嬉皮笑臉，還和我的朋友有說有笑！

回到巴黎，我陷入了憂鬱，足足一個月沒出過門，我不停地看婦科和心理分析，我以為自己得了怪病，也彷彿真的得了怪病，一直好不了。

後來過了半年，才慢慢好起來。

去年，我重回心理治療，那位年輕迷人的女心理分析師告訴我。啊，你曾有被人強暴的經驗？那你必須好好為此做分析才行，這是非常嚴重的心理創傷，有人一輩子好不了。

但我已經好了，西班牙那件事對我沒有什麼影響，只不過像擦槍走火，小插曲而已，我沒有創傷。

不，那創傷是深層的，你一定有創傷。

我沒有。我固執地回答，並且和她辯論。幾次後，我也停止和她的心理分析。這些西方的心理治療，總是要你檢視你的心理創傷，那像不停地揭開痊癒或將痊癒的傷疤，我也開始覺得這一點用處也沒有。

若說西班牙這件事對我有什麼影響，我會說，多年後，我注意到，在那個節骨眼上，就像如今與丁明勝，我的身體與思想會自動分離，我不認為自己的身體有那麼重要，只是暫時出借，對我無傷。我如此保護自己的靈魂。

然而，我的身體是否毫無價值呢？這裡面一定有什麼自己不明白的，尤其和丁明勝，我開始發覺潛意識底層似乎破了一個洞，像一艘出航已久的船隻，底部已開始滲水，但我渾然不知。

那位年輕迷人的心理分析師可能自己曾有被強暴的經驗吧，她對這個題目太過執迷了吧？不管她搬出什麼理論，我仍然不覺得被人強暴有那麼嚴重。

是嗎？是吧。

我撥了警察局的電話號碼。

我和兒子伊卡孚斯如何忍受這囚牢般的生活？時時刻刻都得避免那頭怪物的發現，否則有性命危險。我們可以離開迷宮，卻無法離開克里特島。本來大可搭上我自己那艘

完美的梭船，但港口到處都是麥諾斯的軍隊和眼線。

只有飛行，從空中逃脫！

我沒有材料可以製作飛翔器，決定和伊卡孚斯用蠟和羽毛黏成翅膀。我們在迷宮內捕捉飛鳥，收集羽毛。但蠟呢？

XXIX

我按下警察局電話號碼的同時，有人來電。姊姊說台灣警察局到處找她和我，因為有一位叫李冰的桃園人過世了，那人七十六歲，警員說他是父親的表弟，好不容易才電話聯絡上姊姊，但我們從來沒聽過父親在台灣有個表弟。

既然父親是他唯一的親人，就必須有人過去為他處理後事。

姊姊問我，你能到桃園看一下嗎？

為什麼別人說他是爸爸的表弟，我們就得處理？我心裡不是沒有疑問。

不能問父親嗎？

問過了，他說，不認識這個人。他沒有表弟。但我從他的反應裡讀到疑惑。如果你能去台灣一趟，我會很感激。畢竟，與父親相關的一切，我們都應該了然，我不希望有任何遺憾。姊姊終於以平靜的語氣和我說話。

第二天我抵達桃園，前後只待了八小時，但對我卻是一場惡夢。

這位父親的表弟死在家裡，因無人收屍，軀體正發臭，那棟位於桃園的三房公寓大約二十年沒打掃過，整棟房子髒成連垃圾場都不如，父親的表弟，也是榮民，就隻身寡人，大半輩子住在這間破房子裡！我剎那間明白父親不願承認他是表弟的片面原因。父親也可能從來沒來探視過他。

我看了一眼，才看一眼，李冰，躺在冰冷的地板上，眼睛充血而且凸出來。我已魂飛魄散。

一名中年警員把所有窗戶都打開，想呼吸新鮮空氣，年紀較輕的警員和我則快速找尋李冰的證明和文件，任何可以佐證父親是他表哥的蛛絲馬跡。

我終於在抽屜裡找到一本通訊簿，將它交給警員。裡面有幾個大陸親友的電話與住址，其中一則是四弟李明，我們打了電話過去，真的找到了李明先生，他說李冰確實是他哥哥。

而且我父親確實是他們的表兄。

李冰的親哥哥倒是願意立刻從北京來處理兄弟的後事，並且過繼這棟房子。

那名警員也找出一本相簿，我接過去翻看，看到一個像父親的人與李冰站在野柳的女王頭像前，還有一張在陽明山公園與一群男女合照，一對男女也有點像我的父母，而李冰自己倒像突然加入畫面的局外人。

這人真是一個謎。不但他的死亡，更是他的存在，這個謎讓父親的身世顯得更為迷亂。我無法得知，父親為何不肯承認自己有這個表弟？又或者，李冰或李明一起杜撰了他們與父親的關係？

我在幾個小時後便返回香港，我直接去看父親，並告訴他，李冰已死了。父親眼睛眨都不眨，對死這個字，他該有何感受？死？

父親將頭轉到一旁。

我永遠不會知道父親和李冰的關係？我大約也不會知道，這位李冰到底都過著怎麼樣的生活，為何從四十九年來台後一直單身？又為何這麼多年不願意搬回大陸老家？

他和父親的差別只在於，父親一輩子外遇不斷，而他卻一直單身。

可能是我剛剛才見證過更糟的生活，所以對父親的現況已備感慶幸，父親還能進食，還能呼吸，還能回答問題，這已是不幸中的大幸？我突然對索中仁波切曾經說過的一句話很有感受：如果吸氣後不再吐氣，那就是死了。
我陪伴父親兩個小時，但他的頭始終未再轉過來。

stalker 書迷

XXX

關於丁，我與Q在電話上談了很久，雖然我未完全說實話，為了不讓他擔心，我答應了他的交代。

我報了警。

先是登記了自己的身分，又對丁明勝做了簡介。

我說，他沒有固定住所，也沒有職業。他的來歷我亦不清楚，他告訴過我一些，但我無法全部當真。

警方問我，他對我做了什麼？

我說，他強暴了我。

強暴？怎麼樣的強暴？有肉體傷害？凌虐？持武器強暴？

我必須再度把強暴的場景及過程說出來？他們總是要你再回到現場，把這麼隱密的事說得清清楚楚，這讓我感到不舒服，這種事怎麼說？怎麼說清楚？我老犯一樣的錯，我不該到警察局來。我說，沒有，沒有凌虐……

那是怎樣的強暴？

我很為難，但只好繼續。他是持刀，不過不是對著我，而是對著他自己。

謝小姐，你的身體有受傷嗎？

我搖搖頭。

那刀子？那刀子還在嗎？一名叫桃樂絲的女警，她似乎全程一直注意著我，趁男警離開時靠近我，她小聲地說，我知道你是作家，我記得你的名字，我要特別來告訴你，你太不了解香港的法律了，如果你沒有被強暴的證據，也無身體受傷證明，這案件會不了了之，不會有人關心這件事。

她說，你必須知道，你到底要什麼？

我要什麼？我要他永遠不要再跟我有任何關係。

你具體的意思是？

其實我並不想控告他強暴，我只是要他別再跟蹤我。

所以你希望我們可以限制他和你接近的距離？

是。不但身體，還包括網路上的距離。

那太難了，二者都難。在香港有多少案子，許多連嚴重家暴受害者，都無法限制施暴者和受害者接觸的可能。這裡不是好萊塢，不會有這種情節發生。

但我該怎麼辦？

唯一的辦法就是控告他強暴，你有證據嗎？

有，我支支吾吾地說。

女警走開後，辦理案件的男警員又回來再度問我：你有被強暴的證據嗎？醫院的驗傷報告？

有，我說，放在我的住處。心裡其實並不確定那到底算不算證據。我甚至陰險地想下去，必要時，是否得把自己弄傷，製造一些受傷的證據？

於是我得到一個號碼，有一個組員會處理我的案子。

我忐忑不安地離開警察局。

XXXI

「他走了。」清晨六時，姊在電話上說。

誰走了？我立刻想到丁明勝，為什麼姊姊會知道他走了？

但走的人不是丁明勝，而是父親，他在一個小時前過世。那時看護工叫醒姊姊，父親陷入昏迷，血壓大幅下降，已無呼吸跡象。姊姊仍然叫了救護車，並且為他做人工呼吸。

父親現在人躺在醫院，但不需要再做什麼，他已經死了。

我趕到醫院，父親的臉是痛苦的嗎？我尋著那死去的神情想，他的靈魂還在這軀體內嗎？我和姊姊一人站病床的一邊，我們還能為他做什麼？

父親絕少去教堂，但比起佛教，他可能更接近基督教。我們決定以基督教儀式為他送行，沒有公祭，只有家祭，且就五個人，姊夫已去台灣接母親來港，在美國讀大學的姪子也已在路上。

我們一起為他唱聖詩。那是童年時，他要我背誦的詩篇，我曾在他面前背誦過，但他當時並不滿意我老漏背某些句子。我知道，他非常喜歡這段詩句：

耶和華是我的牧者，我必不致缺乏。
他使我躺臥在青草地上，領我在可安歇的水邊。
他使我的靈魂甦醒，為自己的名引導我走義路。
我雖然行過死蔭的幽谷，也不怕遭害，因為你與我同在；你的杖，你的竿，都安慰我。
在我敵人面前，你為我擺設筵席；你用油膏了我的頭，使我的福杯滿溢。
我一生一世必有恩惠慈愛隨著我；我且要住在耶和華的殿中，直到永遠。

父親真可以入住耶和華殿中？一生一世有恩惠和慈愛隨著他？

因為家屬不夠，葬儀社請來付費的合唱隊。他們以廣東話演唱，歌聲出奇地純淨動人。我們一起唱了好幾首歌，朗讀了許多經文。父親臉上早已化好妝，並已穿上金色禮服。姊姊準備好一副紙痲將和一些冥錢，把它們置入棺木，然後，父親最喜歡的西裝和書籍也全塞了進去。

在歌聲中，有人要蓋上棺木了。出於本能，我伸出右手，似乎像要擋去那永恆的關閉，或像要最後一次安慰他（或我自己？），我將右手置於他的額上，那時，我才明白，父親已不在了，父親已是冰冷的父親。棺木闔上了。父親，你好嗎？你現在在哪裡？我心裡輕輕呼喚著。

我滿是悔意。我從未好好陪伴他。人已在香港，還不每天陪他，我還有那麼多時間想那麼多奢侈的問題，我甚至還想專心寫作，我從來是這麼自私的人，姊姊是對的，我從不去試著了解或解除父親的苦痛，只曉得自私地活著。

棺木已闔上，黑色加長靈車已在外面等候。我們隨著幾名壯漢將棺木抬至車內。「爸，要上路了！」姊姊一路指引他，「爸，過了隧道就快到了！」車子一路來到永孝路的葵涌火葬場。

一些靈車已排在墳場外頭。我們是三號，靈堂有人正在做大殮禮，一些穿著白色孝衣的家屬在外頭走動，他們準備以佛教儀式請和尚唱誦。

父親的棺木已送入火化爐了。我才突然想到，這會不會痛呢？如果是天葬或鳥葬呢？就不痛了嗎？像屍毗王以身施鴿？或者，還是傳統土葬最好？但要將屍體送回台灣有點麻煩，航空公司堅持要進貨艙？我們聽信父親的風葬，一直沒想到去購地築墓。現在都太晚了。

我和姊姊坐在食堂裡喝咖啡，等待父親的遺體火化。姊夫已把母親先送回姊姊家。母親大半生受到這麼多感情折磨，現在自己也病了，她全程參與，但沉默有加，一句話都沒說。離開前只問了一句：他的終身俸我是不是可以領一半？

她還記得這件事，所以她並不是真的瘋了？或許她以前也曾想過這件事，她要活到這麼一天，以便能夠領到他的終身俸？成為他半薪的受領人，這也是一種名分？她得不到他的愛，至少得到他的名？

他至死都不想看到她，他認為得肺癌是因為她抽菸。他以為她害死他。至死，他只有一個他不愛的妻子，他一直以為那是因為他祖上無德，他以她為恥，為個人最大不幸。

他對自己的髮妻太殘忍了。我一向只是旁觀者，先是站在母親那邊，不知從何時起，我也看出母親那種自暴自棄，確實令人絕望，他們兩人截然不同，一個樂觀，一個悲觀，一個好色，一個專情，就像黑夜與白天，水和火！

有人來問我們是否是三號家屬。我們急著過去，火化結束了，才一個小時，父親的遺體只剩下一罈灰，頭蓋骨未火化，那白色的一片是父親嗎？是父親的頭蓋骨嗎？我問火化人員，你確定沒搞錯？不會搞錯，他是三號，不會搞錯。

父親，我真想問，你現在到底在哪裡？看得到我們嗎？像瑞典導演柏格曼的《芬妮與亞歷山大》那部電影裡，死者其實一直都在，只是大部分生者不知。父親。你在嗎？

我們抱著骨灰罈離開葵涌火葬場。我們必須將他的骨灰撒在台灣海峽之上？

姊姊捧著父親的遺像，我抱著骨灰罈，我們往火葬場外走出去，等待姊夫開車來接，我們站在荒涼破敗的街道上好一會。我和姊姊已無語，我已明白，我們從此沒有父親。

為了收集蜂蠟，我們在迷宮裡養蜜蜂。我們等待了一整個冬天。

我和兒子做了兩對翅膀，我們將之戴在身上。起飛前，我警告過伊卡孚斯，要走中庸之道，不能飛高亦不能低空而行。飛高，太陽會融化蜂蠟，飛低，翅膀沾上水氣，會掉入海裡。

我兒子太輕忽了我的勸言，他玩瘋了，愈飛愈高，一隻翅膀掉了，他墜入海裡，被大海吞噬了。

我在海上徘徊嗚咽許久，波濤與海風似乎使勁與我作對，彼此狂笑不已。

XXXII

你的書迷：我只是想過一個自己要過的生活，為何如此艱難？

他又重新註冊了這個新名字——你的書迷，開始又在Facebook上給我留言。可能是因為我已報過警，對他因此有愧疚感，我猶豫了很久，不知道是否該將他的字刪去。

我打電話給女警員桃樂絲，強烈義工性格的她，開始安慰我。都沒關係，要刪不刪，沒差別，如果他再上門騷擾，你直接撥我的手機。

他也在部落格上傳來赫塞（Hermann Hesse）的句子，那句子是我少年時期的沙漠甘泉，赫塞是我的啟蒙作家，但他現在卻像教訓般地丟向我。

你的名字寫在水上。

這是一封e-mail的事由字眼，而這一句則是英國詩人濟慈（Keat）墓碑上的字。

寄送者：你的書迷

事由：你的名字寫在水上

我已經清楚知悉：愛是孤獨的，愛只能是沒有對象的心靈物。而美是恐怖的，它只能令我窒息，但我希望在絕望前還能發出嘆息。

附件：一個有聲音的檔案

我打開那檔案，原以為是什麼影片？卻是聲音，且是我自己的聲音。

原來他把我們性愛的聲音錄下來，傳給我，上面都是我的喘息聲。

我的心跳加速。

我應該打電話給Q？給那位女警？給他？

我又回到我的老習慣，在房間裡繞圈圈，我踱步許久。

我被憤怒和不安驅趕，這封信是枚炸彈，已在我的靈魂上炸了一個洞。

不是說肉體可以和精神分開嗎？這個錄音卻使我羞愧到無地自容？

怎麼了？我到底怎麼了？

我必須打電話給Q和警察局，我必須好好講清楚！我簡直像被逼到懸崖上，再一步就粉身碎骨！

但我該從何說起？怎麼說？

第一次是願意，第三次我一點都不願意，難道這也是我的錯，如果仔細聽，可以發現我完全是被動的，難道我也有錯？

誰要仔細聽？誰會仔細聽？

我焦慮極了。是的，是跳到黃河也洗不清了，我真是倒楣透了，讓我遇見了這樣一名書迷！一想到他口口聲聲說愛我，我便怒火中燒。

如果是愛，你萬般便不會這麼做，為何要錄音？為何要傳給我？是否做為紀錄？是否要公諸於世，昭告眾人？當眾羞辱我？

我寫了信，但要傳出去前，我又將之刪去，我瘋了，我要再度留下隻字片語給他？加強他對我情緒施暴的可能？

我提心吊膽，徹夜未眠，我考慮再三，應該如何和警方合作？這似乎是唯一的一條路。還有，我必須打電話給保羅．范夫，或許他的法國副領事身分必要時可以幫得上忙？

可能是焦慮過頭，我擔心全世界會恥笑，擔心Q會誤會，親戚朋友也會不諒解，整顆心打了結。整個世界幾乎要垮了。

但突然之間，我的心鬆開了。又怎樣？那不過是一段錄音，這段錄音不能說明什麼，就算能說明什麼也不是什麼！我為何要懼怕？我難道是怕自己有什麼貞節不保？什麼貞節？

這一切似乎是他的遊戲？而我陷入他的遊戲迷陣？那是什麼規則？為什麼我不懂？

我失聲笑了起來，笑了很久。

我打了電話給丁明勝，只消在手機上找到他的來電紀錄，回撥即可。

他很意外也很高興我打電話給他，他說，他也不知道為何要寄那段錄音給我，他是偷偷錄給自己，並非為他人，他說他永遠不會把這段錄音給別人。

我只想讓你知道，我們曾經這麼親近……

你可不可以把這錄音取消，刪去，丟進垃圾筒？

不可以。

你保證你不會傳給任何人。

我保證。

你能寫個證明，說那錄音裡的人不是我？

我為何要如此做？

我，請，求，你。

難不成我已瘋狂了，再也無法平靜？居然如此要求他。我亦不知這能證明什麼？或許事情會愈描愈黑？但我像不幸的溺水之人，得抓住一根浮木，任何一根。

……為了讓你平靜下來，如果你請求我，我就寫。

好，我請你寫。

那我只有一個要求，我要親自拿給你。

可以，你寫完可以拿給我。

XXXIII

半島酒店的頂樓咖啡室，過去我曾來過這裡上洗手間，對洗手間留下深刻印象，但現在是他要求在這裡會面。

我已通知桃樂絲．張。我說出時間與地點，與他的長相特徵。說時自己的聲音非常不安，眼皮似乎也在跳動。但我已四處碰壁了，覺得自己即將頭破血流。我能做什麼？不能做什麼？

如約以赴，希望能在警察出現前得到那張證明，不管能證明什麼，至少會令我安全一點？我的路愈走愈分歧。我已經七拐八彎。但既然已走到這裡了，也無法不再走下去。

米諾多矗立在最深沉的孤寂裡面，在所有物事的核心之中……

我現在急迫需要的是阿利安的紅線，而不是他那張證明，我不是再清楚不過了？但如果他出現，警方便會拘留和處置他。

我以後便安全無慮。

安全無慮？

我左思右想，下決定徹底做一次自私的人。這一次，我不能再讓步，過去，我太多原則，缺少立場，不然也不會有今天。而我原本已夠自私了，現在只能變本加厲下去，我的罪愆將如何洗清？有誰可以告訴我？神會告訴我嗎？

如果站在他的立場，是不是我緊張過度呢？

他是個自毀性的人，可能有輕微的人格分裂問題，或者是邊緣性人格？但他從未以暴力對待過我，如果有的話，只是他緊迫盯人的方式便是一種情緒暴力，且他的暴力是對他自己，他的自虐造成我的壓力，但這是他的錯嗎？

他為何會這樣對我？我讓他想起他的妹妹？媽媽？或者已逝的女友？

他到底是怎麼樣的人？我一輩子從來沒有一次遇到這種人。他太神祕，也太虛無了。像一個真空的容器，很快地把我吸入他的內裡，我經歷了這些，只能覺得空虛。我知道，他一定是個詩人，他只可能是個瘋狂的詩人。但我不知該如何和他相處？

或者他也不知如何與我相處？他其實不是真的想和我相處，只是他被自己的恐懼驅趕和吞噬？

又或者他並非虛無，而更是神祕主義者，他完全相信自己的人生與我有連繫？是我，是我沒有真正的人格信仰，只活在真實的表面？

但他沉入了黑暗，如此無以所終。

我不喜歡這個故事的結局，只是我亦無法操縱它的走向。我既討厭他，又對他有某種愧疚。

他一直沒出現。我離開了半島酒店，離開這個冰冷又沉寂的香港。

XXXIV

麥諾斯知道我成功地逃離克里特島後，異常憤怒。帕西菲不但愛她的怪物兒子甚於他，且還勸他饒我一命，使整件事更如火上加油。他非得追討我不可，這已成為他人生最重要的大事。

他和眾臣商量，但無人想出對策，倒是麥諾斯自己心生一計。

我的小說結構也開始分歧，我在書寫迷宮嗎？還是我已在迷宮裡了？又或者，我早已離開迷宮了？自己還不知道？

經過一夜無眠和思索，我決定不要他的什麼證明了。那只能證明我自己的可笑與可憐。也不需要和他見面了，我只要把他交給警察便可。

我在學校附近走動，隨便搭乘一輛小巴，管它要去哪裡。我看到黃大仙廟站要到了，便對司機大聲喊「有落」，說得跟香港人一模一樣。我在廟內閒逛，發現了一整條算命街，這世上有多少人的人生大事無法自己參透，必須求神卜卦？我在考慮自己的處境，但我仍無法具體說出自己的問題是什麼。

有的話，還是這些沒有答案的問題：我為什麼活著？我為什麼要寫？我在做什麼？

我離開黃大仙廟，在附近的一家餐館用餐，我試著回到自己的小說結構。這裡人來人往，絕不會是思考小說結構的好地方。紅線在哪裡？我是否再也走不出來了？

請不要以為我是因失望而受苦，我已放棄每一件我曾渴望的東西。

手機又出現他的簡訊。這些文字不是出自他，還會有誰？

我一個字一個字推敲他的意思，他並未失望，也不痛苦？他曾渴望許多，現在已全然放下？他倒底要說什麼？他曾渴望什麼？為何又放棄？

下午三點半，他又傳了一則。

什麼是真相？所有沒有活過的都不是真相。

下午三點三十五分。

他的眼光落得很遠，因為童年的他去過天堂。

XXXIV

下午三點五十八分。

我們沒有劇場舞台，正如我們沒有神。

下午四點零五分。

那個世界充斥著深奧的訊息，盡是夢魘和深淵，令人怯步？抑或那個世界簡單明白，正如一望無際的天空？令人嚮往？

下午六點半。

只有你我靈犀相通，但你卻使我萬分孤獨。

一直到半夜，桃樂絲·張並未回電。

凌晨一則簡訊：

多年之前，我已預知我會遇見你，我已預見了我們的故事，那時我流淚，現在我歌唱。

最後一則：在我自己發明的遊戲中，我愈來愈不覺得自己比一張紙牌重要，充其量，我不過就是一張牌，一張命定的牌，也許是相當惡劣的一張，在憤怒中被擲出，而且常常全輸。

除了最後一則，對我而言，他那些簡訊內容毫無意義，跟任何氣象報告或說明書內容，對我都並無不同。我開始想，是我再也不相信文字了嗎？還是我無法以文字理解他？抑或，他以我的文字來玩弄我？

XXXV

多少年前的兒時，我和父親在香港搭河船吃龍蝦。現在，我和姊姊一家人來到西貢鯉魚門附近，我們抱著父親的骨灰。

船不是由戴達羅斯所造，而是向租船公司租來的。是一艘十人的快艇，我們在西貢上船，準備一路往南駛，之前幾天，我曾和船東討論過路線，最後決定船只要開到果洲群島附近即可。

我告知船東，我們前往的原因是為了一圓父親遺願。船東說他不知這合法與否，但他願意保密。一般人租船的理由是為了出海釣魚，或釣墨魚。

我們幾個人站在海塘旁，等著駕駛。一個人走了過來，我以為就是駕駛，但卻是丁明勝。他怎麼也知道我父親已過世？我震驚無比，但說不出話，也不打算說話了。

姊姊看他不是駕駛便與姊夫說起話，我本能地舉起木盒，骨灰本來是裝在罈子內，是我堅持將骨灰置入我臨時買的木盒。但仍然不輕，我不知父親的靈魂在否？我舉起木盒，用以擋住自己的臉，我轉過身，避過他的照面。

沒有人知道他是誰，為什麼站在那裡，只有我知道。就像我正在寫的小說，沒有人會知道我在寫什麼，只有我自己。他現在像一個故事裡的人物，而作者我已無從下筆，我不知道他該做什麼，這個故事應該往哪裡發展。

我們上了船。汽艇往外海開去，他一直站在岸上望著駛去的船。是不是像個鬼魂？我已不想再問，他為何這麼偏執？他如何知道我的行蹤，又為何要出現在這裡？我沒和他說話，已當作他不存在。我連打電話給桃樂絲．張都不想了。讓他去吧，有一天，他終會明白自己在做什麼。

當船駛出去後，我看到他的身影愈來愈小，也許是他今日反常穿起白衫，使我一時竟有錯覺，以為看見父親。我驚訝地仔細再睜眼看，但身影已看不清楚了。

一路風大浪大，我的心情也彷彿跟著起起伏伏。船到果洲群島附近了，我們亦不確定，父親是否能在此安息？或者他願不願意在此安息？他是說台灣海峽，他要的是台灣

XXXV

與中國之間。這裡好嗎？

我打開木盒。爸，我說，這裡，好嗎？

怎麼可能有任何回答？因船東已表明，他不願我們將骨灰向空中揮撒，怕灰燼掉在他的船上，我和姊姊只好低手向海裡倒入骨灰。

父親的遺體並非全在木盒裡，我將其中一塊未火化的頭蓋骨留了下來。

我再也不必問，他是否愛過我了。

我再也不必問，我是否愛過他了。我知道，我是愛他的，在他走後，我才知道我愛他。

船隻回到鯉魚門時，丁明勝已不在了。我突然恍惚了起來，會不會剛才出現的人，並不是他？會不會，剛才岸上那個人，真的就是父親？

XXXVI

桃樂絲．張親自來白加士街拜訪我，以香港法律改革會纏擾人報告（Report on Stalking）小組成員的名義。

她說，她可以想像我身心受到多大的傷害，但到目前為止，香港無法限制任何纏擾人和受纏擾者的活動距離，為了保護我的安全，也擔心那天她在警察局裡無法暢言說清楚，她專程來找我，要我拿出具體證據，向丁明勝提告。因為，除此別無他法，限制丁明勝對我的纏擾。

我有什麼證據？沒有，我只有那張床單，那床單上應該留下他的體液，我還未丟入洗衣機清洗，但這是證據嗎？

桃樂絲．張數起眉並歎著嘴，她搖搖頭。不過，接下來的談話中，我卻感覺到她站在我這邊，因為她同情女性？或者，因為我剛好是她所撰寫報告的案例？她未來的法學博士論資料？「這只是證據之一。」她以手套將「證據」置入塑膠袋內，她看著我，「你的驗傷報告？」

我真是無地自容，驗傷報告？我並沒有。現在要偽造可能也嫌晚了些？父親說得沒錯，我從來便是騙子，只會自欺欺人：「我不想告他了，我覺得他可能只是有一點精神障礙，不是壞人。」我真的改變主意了。

桃樂絲坐下來和我談了很久。她是香港大學法律系第一名畢業的高材生，原本要當律師，但是，她的婦女家暴義工經驗，使她走上警佐工作。她說，她想在第一線便能幫助許多受暴婦女。

她再度提及前一陣子轟動香港的大新聞，一名長期遭嚴重家暴的婦女，因無能力搬家，也未向施暴的丈夫提告，最後，卻被丈夫活活打死。

「你最好還是小心一點，我們不知道他有什麼樣的精神問題，如果嚴重的話，你的性命就有危險……，那你寧可讓他去坐牢了。」

嚴重的頭痛使我一直用手指搓揉著太陽穴。

XXXVI

不，我不能告他，我不告他。我鄭重地告訴桃樂絲。

桃樂絲露出為難和不解的臉色，但最後還是接受我的決定。她也告訴我，如果有任何問題，我還是可以全天候打一個家暴熱線電話。

我覺得奇怪的是，我和丁的事情也要家暴中心管？這是家暴嗎？我該如何定位我和他之間的問題？我和他究竟又有何問題？

XXXVII

我的小說主人翁雖然是戴達羅斯，但我把注意力放在帕西菲身上，因為我是女性作者？女性主義者？但我愈寫愈覺得帕西菲的故事荒謬無比。

愛上公牛？和公牛發生性關係？因為海神波賽東的嫉妒心？波賽東有虐待狂？他為何讓帕西菲成為人獸戀癖？**木製母牛的大小與公牛相同，必須能滑動，以便交媾，帕西菲的命令我能不遵從？**

她如何使用那架可以移動的母牛？即便我知，我亦不能說。她在黑暗如洞穴般的木牛肚內等待公牛插入她嗎？這是多可怕的事？難道不會造成傷害？她既然是神，根本不需要任何輔助器，她為何命令我？她想考驗我嗎？或者她想折騰我？或者，這件事是她

的娛樂？她要我做出畢生最奇怪的藝術作品？

以我的理解，帕西菲和公牛發生性關係一事，似乎來自古希臘的公牛崇拜。而木製母牛做為性愛工具，極可能是為了獲得公牛的精液，那精液當時可能是神聖的祭品。而帕西菲卻從此被人當作放縱淫蕩的女人或受害者，未免太不公平，這個故事太羞辱她了。

然而，她是一名女神，女神可以承受任何荒誕不經的事和罪惡，她們永遠不朽，並且無需由歷史審判。

我又發現，不僅是希臘神話，有史以來，男性似乎期望女性羞辱自己，尤其是在色情上？

我想到哪裡去，寫到哪裡去了？

我打開那本丁明勝送給我的《人間失格》，原本想隨便翻翻，一張紙卻從書內掉了出來，新界青山醫院的處方箋，箋上寫著他的名字，上面寫了幾個藥名：

1. depakine
2. lexotan
3. xanax

4. stilnox

5. propranolol

丁明勝曾去過醫院？他有病情？我將depakine藥名輸入google，才知道那是一種抗躁鬱症的藥。原來他有這樣的病？他看起來非常正常。雖然，回想起來，他的行為確實反常，但我怎麼會知道？

我怎麼會知道他有病？我一直以為自己才有病。而且，我難道就真的身心健康？

帕西菲是人還是女神？波賽東的詛咒不但改變了她，也帶給我一生的不幸。就算是神，她既然接受自己的命運，做為凡人的我也只好完全認同，並接受她的主宰，這因此便成為我的命運。從製造母牛到建造迷宮，我全心全意配合她的需求和指示，我是愛她的，只是她不知悉，或者不願知悉。

但我如今要離開她了，我要離開這棟自己親自打造的建築，克里特島，這個永遠的謎，這一切的一切。

XXXVIII

我主動打電話給丁明勝，約他在尖沙咀一家俄國餐館見面。

他一見面便問我好嗎？仍然非常生氣，我說。

為什麼？他問。

你強暴了我，還錄了音，甚至把錄音存檔傳給我，或給別人？你竟然還問我為什麼生氣？我的聲音不由自主地提高了，我覺得自己的怒意又升起了，如果他再說一句錯話，我可能會砸東西。我提高的音量使得那位不知是不是俄籍服務生的人多看我一眼。

我不覺得我強暴了你。他垂下眼瞼。

你不覺得？但我強烈覺得，我可以去警察局告你，我差一點去告你。

你可以告我，沒關係。或者那是你該做的。我的直覺告訴我，非關理性，也沒有任何邏輯可言，我們是天生的一對戀人，你喜歡和我發生關係……

從來不是如此，那只是你瘋狂的幻想。

好吧，是我的幻想。有時我也不是沒有自我懷疑。

為什麼要錄音？你像那些惡名昭彰的港台男藝人一樣，和人要好時拍性愛照片，分手後又公諸於世，威脅前女友，我認為這種作為沒有擔當，不像你會做的事。

是，我也不知為何會這麼做，彷彿中了邪。但我至死也不會把聲音給別人，我只想珍藏在自己心底，我以人格和性命保證不會給任何人這些聲音，「你現在要我做什麼，我立刻做。」

我無語地看著他。

你要我死也可以。

我沒要你死。

他從口袋裡掏出手機，並在手機上尋找檔案，他在手機上按來按去，並說，我把它刪除了，請放心。

不知該不該相信，我看著他，發現他穿得很正式，西裝領帶，剪了頭髮，看起來氣色不錯。不像一個躁鬱症者？

我說，你不像躁鬱症者？

我不是躁鬱症者，他以略微猶疑的眼光望我一眼。

我把他的處方箋還給他，他有點驚訝地收了下來。沒再說話。

你到底都在做什麼？有沒有工作？

一個人有沒有工作？職業是什麼，每個月賺多少錢？這些資訊這麼重要，彷彿，如果沒有這些，人就不是人了？

我只是想快一點知道你生活的內容？

賺錢應該是我的生活內容？

好吧。告訴我，你的生活內容吧。

寫作，跟你一樣。只是你寫的是書，我寫的是遊戲世界的規則。

這也可以維生？

這當然和作家不一樣，作家的字比較值錢。

你想像的作家生活跟我的不一樣。

好吧。

你到底在玩什麼遊戲？電玩？

不是，要說的話，可以說是電玩的前身。但比電玩更複雜。

那你為什麼不設計電玩？

是可以，我也試過了，但我必須和軟體專家合作，他們只想做商業品。

你對商業沒興趣？

不，有興趣，但對要去適應消費化的種種取巧現象沒興趣。

為什麼紙上遊戲就這麼有趣？是什麼吸引你？

想像的樂趣，它有點像在寫小說和劇本，但你得和別人一起寫，一起玩。

那你為什麼不寫小說或劇本？

你不覺得你的問題像個警察或老師嗎？

我也突然對自己一連串的問題感到不耐煩了。我到底要問他什麼？

那張處方箋上的藥你拿了沒？

沒有。

那我現在陪你去買。

他沒回答我，只看著兩名染金髮、穿著暴露的亞洲女郎走進來，看她們坐下來嘰嘰喳喳地談話，又轉頭看鄰座一位平頭男子好一會兒。那個平頭男人正在讀一份雜誌，他沒發現有人在看他。

我在軍隊服役時，交了一位好朋友，我們很能聊文學和電影。通常只能在短暫的休息時間聊天，但因彼此興趣相投，所以即便談話時間極短，也頗能了解對方。有一次放假前，他面帶愁容地來找我，告訴我，我們的長官對他性侵。那位長官一直是個好人，他每每對菜鳥新兵和氣有加，循循善誘，我簡直不敢相信。但朋友說的猶如歷歷在目，看他那麼沮喪，我因此站在朋友這邊，指責長官的不是。

然後？

我的朋友寫信給長官的長官，說明了這件事，並要求改調到其他營區。幾天後，這位性騷擾他的長官知悉了這封告發的信，羞愧地自殺了。

再然後？

我的朋友從此很自責，也過得很不好，他離開了我們的隊伍，從此也沒再和我聯絡了。此刻，我和你坐在這裡，想到這件事時，發現我也非常自責，對那位自殺的長官。

他的死和你沒有直接關係。

我知道。但是我受不了，自己曾在他死前那樣無情地批評他。那些話殘酷無情，就算我也可能因此而輕生。一些人的話語有時可以致人於死地。

你對一個死者感到自責，我坐在你面前，你卻沒有自責。你確實勉強過我和你發生性關係，那是強暴。強。暴。

我知道，對不起。一萬個對不起。我說過，如果你因此要我死，我會死。那時，我無法控制自己的情緒，無法思考。我以為，你喜歡和我發生性愛，我如此可以占有你。

占有？

原諒我的愛情經驗如此粗糙，從未昇華。我像遊戲中的吟遊詩人，我把你當成高貴的伯爵之子，或者貴婦，被人擄去，身陷囹圄，我必須以魔法救出你。

我是伯爵之子？我是貴婦？我們真的活在不同的世界裡！就算我身陷囹圄，但是牆是自己打造的，那是自我創造出來的迷宮，只有我自己才知道出口何在，誰也無法救我。你不覺得你的行為很瘋狂？

我意識清楚時也明白，自己是以萬花筒看這個世界，光采奪目，但其實是支離破碎，並無實體的存在。

他的話使我略微感傷起來。我問他，你的日子過得好嗎？

我像在快速及強烈對比的情緒波浪中衝浪，有時幾乎被洶湧的情感波濤捲走。但有時波浪平靜，我乘風而去，隨心所欲，有些日子過得很好。我因此讀了好多書。

現在呢？現在算是你的好日子嗎？

還算是，但我非常害怕，像集點一樣，我的點數愈來愈少，我怕好日子即將過完，然後便是地獄般不如的生活。

說得好像你去過地獄？

我沒去過，但因過於悲慘，我深信那一定是地獄了。你可能無法想像這樣的經驗？

我無法想像。不知我的悲慘有多悲慘，別人的悲慘又有多悲慘？即然在寫作，我試著想像，但也只是想像，我的工作僅僅在想像別人的悲慘和幸福。

你呢？除了對我不滿意，還有什麼？你的日子長成什麼樣子？

我的日子古怪，面目可憎。最近一年來都是鬼樣子，一團糟。你雖然弄亂我的生活，但我的生活原來也有許多破綻，所以，某個程度而言，我亦不怪你。至少，現在，我可以告訴你，我不再怪你了。

你接受了我？

我接受了你。像個朋友，而非戀人，我們從不是戀人。

不會改變？

不會。

我篤定地看著他。他點點頭，又搖搖頭。

你說你的日子一團糟，但寫出來會讓你好一些？

會，也不會，因為如今我的寫作也一團糟了。最奇怪的是，我自己的生活彷彿置身於迷宮般，偏偏我卻又選擇迷宮這個題目做為寫作題材。

迷宮？

當初，在克里特島，麥諾斯為了取得王位，祈求海神波賽東賜他一頭公牛作為繼承王位的證明。

波賽東賜他一頭公牛。但這頭牛長得太好看了，麥諾斯捨不得殺它來獻祭給海神，於是用了別的牛代替。

波賽東惱羞成怒，對麥諾斯的妻子帕西菲下了咒語。

這個咒語便是迷宮的開端。

是巧合嗎？你在創作迷宮。我也是。我的遊戲世界也是一個地下城，我相信和迷宮的概念有關。我們多多少少都在自己的迷宮裡？但是，難道有人向我們下了咒語？難道我們有罪？或者我們最終必須從迷宮走出來？

我不認同原罪的觀念，沒有，我不覺得我們是罪人。罪或原罪，這是西方人的文化，我們是東方人，不必相信自己有罪。

雖然是東方人，但我真的常感覺到自己有罪惡感。

什麼樣的罪惡感？

譬如我以前的女友死了，而我還活著，或者，我沒能讓母親幸福，又譬如我剛才說的那位士官長，也許，如果我不鼓勵朋友去告發，他就不會死。

啊，這些罪惡感把你牢牢綁住，是吧。

是，在我的壞日子中，這些罪惡感使我幾乎喘不過氣。使我會想自殺。

在好日子來臨時，你會想好好活出一個精采的生命，是吧？

我一直以為你的生命才精采萬分，但我的也有可能精采嗎？我不知道，得試試看。

我聽他說話，也覺得訝異，儘管我始終認為我們的思想差異太大，但一些時刻，我又不得承認，我和他可以聊得來，如果我願意的話，甚至非常聊得來？

咦，我說，我們今天談話非常愉快，你不覺得？如果你要的話，以後我們可以做好朋友。

好朋友？你有好朋友？

有，那麼一、兩個吧。

一、兩個？

一個。

一個？

你這麼問，我也不確定了。我以為是好朋友。不過也有可能是我自己以為，我希望他們或他是我的好朋友。

他們？他？

或者應該說女字旁的她。你呢？

我？

對，你。

我沒有朋友。我只有一些同學和認識的人。

沒有朋友？

「朋友，我當作是禮物，」這是你說的，我也深知，他們不會憑空而來，除非老天爺賞賜。如果你認識的人變成朋友當然是好事，如果不是朋友，純屬正常。

如果友情是禮物，那愛情應該是樂透吧。

是……，我知道。他笑了出聲，我也跟著他笑了起來。

笑完我又覺得奇怪，我怎麼會和他談這麼多？甚至覺得我們還可以再談下去。是因為我對他沒有戒心嗎？是因為我認定他有躁鬱症，精神狀態不正常？所以同情他？還是我本來可以和他談那麼多，只是我們從來沒談那麼多？

我可以和你到澳門走走嗎？我一直想去那個你在小說寫過的地方！他趁著我的好心情，突然問我。

不，我不可以，我不想再去。那本小說已經寫完了，我已失去了興趣。

那我們可以到太平山走走，眺望一下香港夜景？

也不好。我們可以下一次再去，不知道什麼時候，但我想會有機會，如果你還不離開香港……

我整天都在試著安慰他，我心想，他如果知道我曾經去報警的話，可能就不會想和我一起去太平山了。

XXXIX

一個下午都在談話。我們可以那樣一直談下去，我知道他很期望，但是我的潛意識卻阻止自己這麼做。

我怕他做出對我或對他自己不合適的事。不知道什麼不合適的事。反正，任何談話都有結束的時候，人生沒有不散的筵席。我不想，我真的不想，現在就散去，再也看不到你。本來好好的他，突然因我準備要離去而緊張起來。

他的嘴唇似乎又在發抖了，我佯裝沒看見，為了安慰他，我只好又做出違背自己的決定。我說，不去太平山，我們到外頭走走吧。

我們在九龍公園內隨意走動，走走停停。

他既高興又擔心。我不知他在擔心什麼。也許還有許多其他的事我並不知道。我想問，但不知如何啟口？我開始談起那本正在寫的迷宮小說，那個神話故事裡的人都活在現代，只是我還沒想清楚，角色與角色之間的關係。

尤其是我書中的主角戴達羅斯和帕西菲之間，到底有什麼樣的戀情？

丁明勝就帶著那種既開心又擔心的神情，一路陪伴著我。他聽著我敘述神話的種種傳說，以及我自己對神話的理解。他談起他讀過的西塞羅之「論神性」，我頗驚訝，他竟然讀過這麼多書。我一直以為他只是一個電玩小子，雖然他跟我解釋過很多遍，他有興趣的是模擬遊戲，不是電玩。

我們一路走到尖沙咀鐘樓，到了天星碼頭，站在港口望向維多利亞港。

九七年英國人移交香港之時，我為一家報社來港訪問港督彭定康，那是在半山腰的總督府，我問那時的總督，移交典禮結束後，當夜他將與查理王子一起搭乘「不列顛」皇家郵輪返回英國，當他站在甲板上揮別香港絢爛的夜景時，會跟查理王子說什麼？彭定康想都不想便回答我：我會告訴他，我們英國人在這裡做得非常好，我們可以為此驕傲。

我的話讓丁笑了幾聲。

那時已是黃昏，港口的海景有一種沉靜的美，而微風又徐徐吹向我們，我的心好像突然被打開了，我完全不後悔認識丁明勝。我們靜靜地站在那兒，一起久久望向港口。我不必看他，便知道，他的眼神裡可能有哀愁，有一些我不懂的什麼。

我真的想安慰他，但不知該說什麼。

我不知道以後要如何紀念此刻？我必須把我們站在這裡的畫面永遠留在腦海中，他淡淡地對我說，並從背包裡取出一只相機，我可以和你合照嗎？

他問話的語調，彷彿是一名與我不相識的書迷，但我們不是曾經有過肌膚之親？當然，一些書迷，或者自稱書迷的人，就像過去多少次，有人知道你是這個作家，只因為你有這個名字，便希望有你的簽名，或和你合照。

那一年，我在巴黎哈斯派大道上遇見劇作家貝克特時，我在想什麼？我沒向他要簽名，也沒合照。他是否是唯一我曾想過要有近一步接觸的作家？還是因為我們在街上遇見，他使我想到也許我們會有近一步接觸的可能？

而大作家只是摘下他的帽子說，日安（Bonjour）！我們什麼都沒說。他便戴上帽子走了。

丁明勝已請了一名路人為我們合照，他不安地問我幾次，再照一張可以嗎？這些照片我不會讓任何人看到，我真的不會，我只希望保留你最美的樣子。

後來，他更正地說，其實他更怕自己的樣子過於醜陋，他希望能在我心裡留下好印象。

照完相，我說，我要回白加士街了，我要走路回去，他可以送一程。

他謹慎地點了頭，眼光轉到地面。

我的心情確實有點矛盾，我們東談西談，已夠久了。我應回去寫作，他不願離去早已經是一種調性，從認識他起便是如此，他應該知道這世界上不是每個人都和他一樣，別人也有別人的生活，不是嗎？但在離開港口前，他似乎想告訴我什麼，他沒說出口，我第一次覺得，我也許應該再陪他一會。

但一會是多久？我亦不知。我必須陪伴他多久？

我們沿路走回我的住處，他又說了一次，他以後絕不會再做任何一次勉強我的事。永遠不會。他堅決地說，要我放心。

我希望你記得我的好，忘記我的壞。

我們走在街頭，我的眼光四處瀏覽，雖然聽到這個句子，但我沒有任何反應。過一

XXXIX

會，我說，我會忘記你的壞，但是請你再多讓我看到你的好，再多一點。

嗯，我會，他說，眼光仍然盯著地面。

丁明勝的筆記之八

吟遊詩人（Bard）

吟遊詩人四處遊蕩，收集各地傳說，他以音樂或故事施展魔法，讓觀眾時而落淚，時而歡欣。

吟遊詩人的魔法來自內心。善良的吟遊詩人可以安慰不幸的人，為他們帶來勇氣，反抗地方領主的暴政，對抗惡徒的奸計，能巧妙地逃躲追捕，振奮群眾民心。心懷邪惡的吟遊詩人亦懂心法，邪惡的吟遊詩人雖亦不喜暴力，但有高超技巧操控人心，迷惑聽眾以騙取金錢或美色。

吟遊詩人的才能是天生的，其魔法全來自靈魂，而非法術書。他只施展少數法術，但不需事前準備。法師或術士的法術具有爆發力量，而吟遊詩人只強調魅惑與幻象。

吟遊詩人亦擁有盜賊技能，但不如盜賊那麼專精，他們對地方傳說耳熟能詳。過目不忘，一些吟遊詩人學徒通常會跟隨經驗老到的吟遊詩人，並跟隨他們的導師，一直到自己有能力開展自己的旅途，很多吟遊詩人小時候是孤兒或流浪兒。

XL

我的翅膀益發沉重，但還能飛，終於飛到西西里。西西里國王善待我，他有一個建築夢想，他說，他的人生似乎正等待著我的到來。

我為他做了一些構思，他異常興奮，像個拿到玩具的孩子。半夜，甚至會睡不著覺，拿著草圖來和我繼續商量。

但他的夢想需要龐大經費。我告訴國王，麥諾斯懸賞的謎，我可以破解，若拿到獎金，我將為他完成史上最壯觀的宮殿群。

而我內在有個隱密的希望，我想知道帕西菲的近況。

我們沿著彌敦道走，我覺得自己好像老是在這條路上走來走去，像那部電影《今天暫時停止》（*The Groundhog Day*）。或者，如果我是雙面維諾妮卡，從前我在別的城市生活時，另一個我便一向在這條街上走動？

街上到處都在興建或改建大樓，街景看起來像受傷後包紮的病人，沒有疑問，傷勢將很快復原。但內心深處的傷口？我一直沒問，因為我也是外地人，只是剛好走在這條街上，我不知道，這城市是否亦有憂傷的過往？城裡的人是否憂傷如我？或者丁明勝？

我第一次離開台灣是和父親來香港，和一群來自台北永和的東莞同鄉會成員。我們並非東莞人，但父親四九年來台時，買了一張兵役證去當兵，那證件上的籍貫是廣東東莞。我們一家人都不會說廣東話，但我卻曾從東莞同鄉會得到八百元台幣的獎學金，以及抽中春節大獎得以遊香港三天。

那時去香港要有當地人邀請才可以去，父親去幫我辦了護照，也陪我去。我才高二，同學都非常羨慕。對我，這簡直和當時阿姆斯壯（*）登陸月球一樣重要，我興奮得好幾夜沒闔眼，我們去搭龍船吃龍蝦，還有，和同鄉會的人走在這條彌敦道，一路動輒有人問，怎麼廣東人不說廣東話？父親很尷尬，他編了故事，和同鄉會副會長成為朋友，而我老說「識聽不識講啊」，現學現賣，我那時便覺得自己像混入合唱團的音盲。

今天更像了，我常覺得自己是個騙子。只是別人不知。就算是參加國際作家會議。

我邊走邊和丁明勝聊天，談起那趟旅途，我坐在父親旁邊，他的眼裡都是光芒。多年後，他對別人敘述那趟遊歷，總是極度誇大了旅途所見，像在敘述天方夜譚。

或許我遺傳了父親這方面的傾向，所以我才成為寫作者？我筆下的世界也是我自己誇大的編織？但父親只是沒把這個才能用在寫作，所以，他是騙子，我不是？

走著，走著，在這條街，我突然淚湧，我確實是愛父親的，自從他過世後，我屢次夢到他，我一直在夢中問他人在何處，過得好否？我把這些告訴丁明勝，他也陪著我站在街角，我雙手交插於胸前，但不是因為不滿而是因為難過，或者我也不滿，正像丁明勝當年不滿他父親為何那麼早就走了。他拿出衛生紙給我，眼裡似乎也有淚光。

我的父親可能此刻也在這裡，我環視周遭，對丁明勝說。

街上的人過於匆忙，沒人有時間停步，也沒人有時間想念別人。我看著丁明勝，想謝謝他，但也說不出口。他臉上的表情很傷感，使我想到畢卡索藍色時期的畫作裡的人。我再也不討厭他了，因為我們一起走過這條嘈雜的香港大街。

因為我們都是無父之人。

也許我們應該早一點認識？我接著說。

也許，但現在真的太晚了。我應該走。

我不知他是否知道我在說什麼。我說，以後我們確實可以做很好的朋友，不是嗎？不是嗎？他偏頭看著我，以我的問話做為回答。

不是嗎？我也自問自答起來。我開始不確定，他是否以這種方式嘲笑我？

我應該出發，重新開始，去經歷不一樣的人生……，但我卻無法脫身，彷彿身體裡面有什麼已把我釘住。至少我的靈魂被釘住了……

你在說什麼？我看到他的手背上有傷痕，但我不知道是否該問他？為什麼你身上老有什麼傷痕？他說話的神情讓我覺得似乎離他一萬里那麼遠，我從來不曾試圖要了解他，或許我根本不了解他，也不可能了解他？

他很快地恢復精神，強顏歡笑地告訴我，他應該離開香港，回台灣了。

真的，你是說真的？他以前也曾和我告別過，我記得，那一次說得比這次還認真。

應該要走了，明天吧。那時紅燈已換成綠燈，他站在那裡一動都不動，眼睛盯著遠方。

我們走吧，我提醒他過街。

突然認清一點，我跟他相處的時刻，大部分的時光，包括我在教訓他，我都像個孩子，他的孩子，而他像我的父母。但此刻，卻又顛倒過來，我像他的父母，我提醒他，要他好好活下去。

我們站在白加士街上，我想，既然他真要離開香港，或者該為他送行？前幾天我還告發他，現在卻要替他送行？我下不了決定，我們就站在街上好一會。

好吧，上去坐一會，再走？我終於說，自己也有一絲赧意。

他和我走進大樓，上了電梯。

我在電梯內看到他額頭流汗，掏出他給我的衛生紙還給他，他緊緊抱住我。我沒有任何特別感受，只覺得想給他一些我現在僅有的生命力量，我這一輩子再也不想傷害這個人了，我讓他那樣緊緊抱著，我在電梯鏡子裡冷靜地看著他抱我的這一幕，一直到電梯門打開，才放了手，走出去。

＊港譯岩士唐。

XLI

站在公寓門口的人是桃樂絲·張，她一身便服，正巧來找我。

我向桃樂絲介紹丁，「一個在路上碰見的朋友。」我支吾其詞，桃樂絲和丁明勝都看著我，我走向大門，拿出鑰匙，準備開門。

「丁先生？」桃樂絲向前問。「不是，他不姓丁。」我急忙否認，但丁明勝似乎從這個問題裡意識到什麼，他神情自若，「對不起，我不姓丁。」他向桃樂絲·張發出友善的微笑。

「這樣好了」，我把門打開，「你不是要上廁所嗎？先進去上吧！」我向丁明勝示意，他說，「好！」便走進公寓。

我站在公寓門口和桃樂絲說話，她拿出一份裝在信封裡的文件給我，「如果你要我們保護你的安全，要先填這份表格。」我收下信封，「但我想我不必申請了，你沒認錯，他就是丁明勝，只是我不會控告他了，我現在試著和他做朋友。」我小聲地說。

桃樂絲的眼光充滿不解，「這很危險。你知道你在做什麼？」她以正常的聲調說話，「噓，」我要她小聲，「我知道我在做什麼……」

「真的嗎？」她不信任我的話。

真的，我向她保證。

「不，」她看著我，「我最好現在就通知我同事。」她拿出手機。

我拉住她的手。桃樂絲，對不起，我錯了，他是強暴我，但我接受了他，請你不必通知任何人，請你。

你知道嗎？你會如此反應很正常，就算人質被劫犯綁走，都有可能產生斯德哥爾摩症候群，對綁架者產生認同和情感。桃樂絲搬出理論，她一心想保護我。

不，我原諒他，因為他有躁鬱症，他真是有病之人。我更小聲地說，並且將大門帶上，我不希望丁明勝聽到這席談話。

「那更危險了，謝小姐。」桃樂絲露出擔心的表情。

「你不要擔心，沒事，他明天便回台灣了。」我說。我看得出來，桃樂絲有一絲迷惑，似乎完全不同意我，但不知該採取什麼態度。

「好吧，如果你堅持。但是一般被強暴的女性都會對強暴者有罪惡感，甚至還會同情他們，這很常見。只是，你姑息他不會解決問題，只會使你自己陷入更危險的陷阱，」她收起手機，「我們現在怎麼辦？」

他明天就走了，今天來向我告別，我想，事情沒有那麼複雜，之前，我太生氣了，現在我氣消了。如果明天他再不走，還留在香港，那麼表示我錯了，請你們拘留他，我不會再有任何意見。如果明天他走了，那這一切就一筆勾銷。

桃樂絲做出頭痛的表情，她一直搖頭。

進來吧，順便認識他，喝一杯再走吧。我重新打開大門，請她進去。

桃樂絲似乎做了決定，放下了她警佐的身分，陪我走進了公寓。

客廳裡沒人，我以為丁在浴室，我和桃樂絲在客廳坐了下來，我去廚房給她倒一杯桔子汁，順便四處看了一下，想確定丁在哪裡？

陽台上也沒人，但丁的黑背包卻丟在那裡。我覺得奇怪，踏步走上陽台，我注意陽台上沒有鐵窗，我一向不喜歡鐵窗，當我這麼想時，樓下嗡嗡的聲浪慢慢地飄了上來，我從二十五層的陽台往下看，一大群人正圍聚著什麼。人愈來愈多，像螞蟻般從各處聚集了過來。

那一剎那，我全明白了。

我盯著樓下正在發生的景象，突然，我覺得該死的人其實是我，是他代我跳下去了。在一念之間，我似乎也希望自己能那樣跳下去？

我仰頭望天，天空一望無際，一片雲都沒有，正像此刻我的感受，我那空洞的內在。我知道，丁明勝再也不會回來了，我再也無法告訴他，以後將如何紀念他？

我仍然站在陽台上，有人在呼喚我，可能是桃樂絲，但我聽不清楚。我將如此這樣一個人繼續活下去，有一顆受傷的心，有一顆傷過別人的心，我們曾經尋找信仰，但再也找不到了，沒有遊戲規則了，失去旋律和節奏，迷宮的牆壁全倒了下來。

丁明勝，我呼叫他的名字。你看到那片無瑕的天空嗎？

克里特國王麥諾斯的謎底太簡單了：只要把最細的絲線繫在一隻螞蟻身上，引螞蟻入洞，並把洞口封起，螞蟻便會穿過所有的螺旋和彎角了。

阿利安的愛人提瑟斯坐過冥王的遺忘椅，後來娶了阿利安的妹妹菲德拉，菲德拉愛上提瑟斯的兒子，並為這段畸戀自殺。

帕西菲皇后是愛我的，她託人打聽我的下落，想寫信給我。或者，這只是我的幻想？我遺失了翅膀，再也無法返回舊地，我們愛情的結晶便是那座差點使我走不出來的迷宮。

故事的結局是，麥諾斯太清楚了，這世界上只有一個人，那個人就是我，才可能知道謎底。

他第二天便派出大軍，從愛琴海四面八方掩至，帕西菲整夜無眠，無法說服麥諾斯。但是西西里國王不肯將我交出來，在決鬥中，麥諾斯中箭而亡。

然而我終生都未再見到帕西菲。

THE END

書迷 Stalker

書迷 = Stalker/陳玉慧(Jade Y. Chen)
著. -- 一版. --
臺北市：時報文化出版企業股份有
限公司, 2024.02
面；　公分
ISBN 978-626-374-943-6(平裝)
863.57　　　　113001267

作　　者　陳玉慧 Jade Y. Chen
主　　編—林正文
行銷企劃—鄭家謙
封面設計—任宥騰
內文設計—黃思維
內文排版—洪絲屏

董 事 長—趙政岷
出 版 者—時報文化出版企業股份有限公司
108019 台北市和平西路三段二四〇號七樓
發行專線—(〇二)二三〇六六八四二
讀者服務專線—〇八〇〇二三一七〇五
(〇二)二三〇四七一〇三
讀者服務傳真—(〇二)二三〇四六八五八
郵撥—一九三四四七二四時報文化出版公司
信箱—一〇八九九　臺北華江橋郵局第九九信箱

時報悅讀網—http://www.readingtimes.com.tw
法律顧問—理律法律事務所　陳長文律師、李念祖律師
印刷—紘億印刷有限公司
一版一刷—二〇二四年二月二十日
定價—新台幣四百元
缺頁或破損的書，請寄回更換